CANTIGA DE FINDAR

Julián Herbert

CANTIGA DE FINDAR

Tradução
MIGUEL DEL CASTILLO

Posfácio
GUSTAVO PACHECO

Rocco

Título original
CANCIÓN DE TUMBA
Copyright © 2011, Julián Herbert
Todos os direitos reservados.

Nenhuma parte desta obra pode ser reproduzida, ou transmitida por qualquer forma ou meio eletrônico ou mecânico, inclusive fotocópia, gravação ou sistema de armazenagem e recuperação de informação, sem a permissão escrita do editor.

Copyright da edição brasileira © 2014 by Editora Rocco Ltda.

Direitos para a língua portuguesa reservados
com exclusividade para o Brasil à
EDITORA ROCCO LTDA.
Av. Presidente Wilson, 231 – 8º andar
20030-021 – Rio de Janeiro – RJ
Tel.: (21) 3525-2000 – Fax: (21) 3525-2001
rocco@rocco.com.br / www.rocco.com.br

Printed in Brazil/Impresso no Brasil

Coordenador da coleção
JOCA REINERS TERRON

Preparação de originais
JULIA WÄHMANN

CIP-Brasil. Catalogação na fonte.
Sindicato Nacional dos Editores de Livros, RJ.

H46c	Herbert, Julián
	Cantiga de findar / Julián Herbert; tradução de Miguel Del Castillo. – 1ª ed. – Rio de Janeiro: Rocco, 2014.
	Tradução de: Canción de tumba
	ISBN 978-85-325-2950-3
	1. Romance mexicano. I. Castillo, Miguel Del. II. Título.
14-15551	CDD–868.99213
	CDU–821.134.2(72)-3

O autor agradece a hospitalidade de seus amigos
Mabel Garza e Mario Zertuche
em Lamadrid, Coahuila.

SUMÁRIO

Cantiga de findar 13

I. "I don't fuckin' care about spirituality" 19

II. Hotel Mandala 81
A girafa de Lego 83
Febre (1) 113
Fantasmas em Havana 137
Febre (2) 199

III. A vida na Terra 213

Música de tumba, por Gustavo Pacheco 247

Para Mónica

Mãe só tem uma. E sobrou para mim.
Armando J. Guerra

CANTIGA DE FINDAR

Quando pequeno eu queria ser cientista ou médico. Um homem de jaleco branco. Antes tarde que nunca, descobri minha falta de aptidão: demorei muitos anos para aceitar que a Terra era redonda. Em público fingia. Uma vez, na sala (uma entre tantas: cursei o primário em nove escolas diferentes), expus a meu grupo, sem medo de palco, os movimentos de translação e rotação. Como o livro indicava, representei esses processos com meu lápis atravessado numa laranja pintada de azul. Decorava todas as contas ilusórias, os gomos girando eternamente, as horas e os dias, o deslocamento do Sol... Mas, por dentro, não. Vivia com a angústia orgulhosa e lúcida que levou não poucos heresiarcas a morrerem esfolados pelas mãos de Santo Agostinho.

Minha mãe foi a culpada. Viajávamos tanto que para mim a Terra era um polígono, e seu perímetro limitado pelos trilhos do trem, em todas as direções. Vias curvas, retas, circulares, aéreas, subterrâneas. Atmosferas ferruginosas mas leves, semelhantes a uma catástrofe cinematográfica em que as geleiras de um polo colidem entre si. Limites limbo como túneis, celestes como um precipício tarahumara, crocantes como um campo de alfafa sobre o qual os que dormem sapateiam. Por vezes, em cima de uma pedra ou varado numa elevação da avenida Costera Miguel Alemán, olhava em direção ao mar e pensava enxergar vagões amarelos e locomotivas a diesel com o logotipo N de M chacoalhando, espectrais, para além da brisa. Por vezes, de noite, olhando por uma pequena janela, imaginava que os vaga-lumes embaixo da ponte eram as galáxias vizinhas de que meu irmão mais velho falava. Por vezes, enquanto dormia deitado num corredor metálico abraçando crianças desconhecidas, ou de pé entre dezenas de corpos amontoados que fediam a milho fresco e a suor acumulado de quatro dias, ou com o esqueleto torto sobre duros assentos de madeira, sonhava que a forma e a substância do planeta mudavam a cada segundo. Uma tarde, enquanto o trem manobrava em Paredón, decidi que o apito da locomotiva anunciava nossa chegada ao fim do mundo.

Tudo isso é estúpido, claro. Me dá uma pena enorme. Especialmente hoje, ao ver minha mãe fraca e imóvel em sua cama de hospital, com os braços cheios de hematomas causados pelas agulhas, conectada a aparatos translúcidos manchados de sangue seco, transformada agora numa espécie de mapa químico por pequenos letreiros que anunciam, em caneta Bic e cheios de erros ortográficos, a identidade dos venenos que lhe injetam: Tempra de um grama, ceftazidima, citarabina, antraciclina, ciprofloxacino, doxorrubicina, soluções mistas de um litro escondidas em bolsas pretas para proteger o veneno da luz. Chorando porque seu filho mais amado e odiado (o único que um dia pôde salvá-la de seus pesadelos, o único para quem gritou "Você não é mais meu filho, seu desgraçado, agora para mim você não passa de um cachorro com raiva") tem que dar-lhe de comer na boca e ver seus pés murchos ao trocar sua camisola e carregá-la até o banheiro e escutar – e também cheirar: logo ela que odeia o olfato – como ela caga. Sem forças. Bêbada depois de três transfusões. Esperando, entrincheirada em sua máscara facial, que lhe extraiam outra amostra de medula óssea. Lamento não ter sido, por culpa dela, por culpa de sua histérica vida de viajar por todo o santo país em busca de uma casa ou de um amante ou de um emprego ou de uma felicidade que nesta Suave Pátria nunca existiram, uma criança modelo: alguém capaz de acreditar que a Terra é redonda. Alguém que pudesse explicar algo a ela. Receitar-lhe algo. Consolá-la através de um oráculo de podridão racional nesta hora em que seu corpo estremece, ofegante, com medo de morrer.

I
"I DON'T FUCKIN' CARE ABOUT SPIRITUALITY"

Minha mãe nasceu no dia 12 de dezembro de 1942, na cidade de San Luis Potosí. Como era de se esperar, foi batizada Guadalupe. Guadalupe Chávez Moreno. Contudo, ela assumiu – em parte por dar a si mesma uma aura de mistério, em parte por perceber a própria existência como um evento criminoso – um sem-fim de pseudônimos ao longo de sua vida. Mudava de nome com a mesma falta de pudor com que outra mulher tinge ou enrola o cabelo. Às vezes, quando levava os filhos em visitas a seus amigos narcotraficantes de Nueva Italia, às velhinhas de Irapuato de quem havia sido empregada logo que fugiu da casa de minha avó em Monterrey (há uma foto: ela tem 14 anos, está com o cabelo raspado e uma blusa com ornamentos que ela mesma prendera ao tecido), às espertas tias politizadas de Matamoros ou a Lázaro Cárdenas ou a Villa de la Paz, nos instruía:

– Aqui meu nome é Lorena Menchaca e sou prima do carateca.

– Aqui me chamam de Vicky.

– Aqui meu nome é Juana, igual à sua avó.

(Minha avó geralmente a chamava de Condenada Maldita enquanto puxava seus cabelos para arrastá-la pelo pátio, golpeando seu rosto contra os vasos.)

A mais constante dessas identidades foi a de Marisela Acosta. Com esse nome, minha mãe se dedicou por décadas ao negócio da prostituição.

O pseudônimo tem algo de verdade. O pai biológico de Guadalupe se chamava Pedro Acosta. Era músico (há uma foto: ele toca o tresillo à frente de sua banda, Son Borincano, com meu tio-avô Juan – irmão de minha avó Juana – no violão), e parece que com o decorrer do tempo chegou a ser proprietário de armazéns de produtos perecíveis em La Merced. Mamãe o conheceu muito pouco. Pode ser que o tenha visto uma vez, ou pode ser que nunca o tenha visto e não imagina nada além disso. Quem a assumiu como filha foi um padrasto: meu avô Marcelino Chávez.

Não sei em que momento virou Marisela; chamava-se assim quando eu a conheci. Era belíssima: baixinha e magra, o cabelo liso caindo até a cintura, o corpo maciço e uns traços indígenas sem-vergonha e reluzentes. Já passava dos 30, mas parecia muito mais jovem. Não tinha limites: aproveitando seus quadris largos, suas nádegas bem formadas e sua barriga chapada, vestia-se apenas com um jeans e um lenço largo cruzado sobre seus seios magros e amarrado nas costas.

De vez em quando fazia rabo de cavalo, colocava óculos escuros e, tomando-me pela mão, levava-me pelas ruas sem brilho da zona de tolerância de Acapulco (às oito ou nove da manhã, enquanto os últimos bêbados saíam do La Huerta ou do Pepe Carioca e mulheres envoltas em toalhas apareciam sob os umbrais metálicos de quartos diminutos para me chamar de "gatinho") em direção aos quiosques do mercado, na avenida do canal. Com o requintado abandono e o tédio de uma puta que virou a noite, comprava para mim um chocomilk batido com gelo e dois cadernos de colorir.

Todos os homens olhando para ela.

Mas ela vinha comigo.

Foi aí, aos 5 anos, que comecei a descobrir, satisfeito, este pesadelo: a mesquinhez de ser dono de algo que você não consegue entender.

Olhando em retrospectiva, minha mãe tinha um gosto muito bom e muito ruim para escolher seus galãs. Lembro que houve um italiano, Renato: comprou para mim um títere com traje de mariachi. Lembro de um Eliezur – que rebatizei de Eledeazul –, que uma vez nos levou ao circo do palhaço Choya. Nunca falava deles. Quer dizer, não comigo. O único método de que me valho para avaliar sua vida amorosa é observá-la na contraluz de seus descendentes, cada um de um pai diferente.

Minha irmã mais velha, Adriana, é filha bastarda de Isaac Valverde, empresário e cafetão excepcional, acionista de um prostíbulo lendário: o La Huerta.

O La Huerta ficava do outro lado do canal. Sua implantação ocupava talvez meio quarteirão. Foi o sonho de ópio de qualquer velho abastado que não temesse contrair disenteria ou doenças venéreas. Nos anos sessenta, a propriedade contava com ruazinhas particulares para carros, polícia própria e três ou quatro salões dispersos entre mangueiras e coqueiros; recintos especializados nas mais diversas preferências de seu público. Eu nunca soube em que consistiam essas preferências e acho que posso continuar sem saber. Havia também um bar e um restaurante, água quase potável e, dando para o lado de fora, sem letreiros luminosos, um grande muro de tijolos vermelhos que se prolongava, serpenteando, até os limites do beco Mal Paso. Um muro que sacrificava aquele espaço público para os transeuntes, pois produzia a sensação de se estar margeando uma fortaleza medieval. O La Huerta era a primitiva crossover acapulquenha, um labirinto/laboratório daquilo que o México é hoje para o American Way of Life: um puteiro gigantesco e pseudoexótico com a infraestrutura de um subúrbio gringo cheio de carne barata, carne essa na qual você pode enfiar o dedo no cu e depois jogar para o outro lado do muro. Uma vez, enquanto caminhávamos junto ao muro de tijolos, Marisela me disse: "Lobo y Melón tocavam aqui." Eu sabia – como sabe qualquer criança que tenha crescido nas imediações de um bordel – que por detrás daquele bastião quem mandava era o revólver do sexo. E tinha uma vaga ideia de que do sexo provinha uma ligeira mortificação da carne misturada com cotidiano, dinheiro, com o barulho da noite e o silêncio do dia. Fora essa percepção esquiva e asquerosa, nunca entendi merda nenhuma. Mas graças ao comentário de minha mãe consegui, anos mais tarde, relacionar o sexo com a música, essa outra força da natureza que, vinda de nossa vitrola Stromberg Carlson, despedaçava a desgraça a facadas.

Meu irmão mais velho é filho de um x-9 da polícia civil de Monterrey que, no começo dos anos oitenta, já havia se tornado o comandante Jorge Fernández, chefe de grupo na DIPD. Dizem que era um sujeito muito enérgico. Assassinaram-no durante uma operação antidrogas há uns quinze anos. Jorge, quando pequeno, chegou a vê-lo esporadicamente. Numa dessas ocasiões, quando meu irmão tinha 14 anos, o comandante deu uma moto de presente para ele.

Meu irmão menor, Saíd, nasceu do antípoda do primeiro: é filho de Dom B. Dom B é um goodfella regiomontano de pouca importância mas muito querido pela comunidade. Dom

B continua sendo até hoje um desses outlaws decadentes que tiraram foto com Fernando e Mario Almada. Dom B foi um homem extraordinariamente bonito – característica que meu irmão herdou – e quando jovem era célebre por sua habilidade de dar surras nas pessoas. Todavia, nunca machucou minha mãe. Em minhas memórias infantis, ele está comprando brinquedos para mim e me tratando com o maior e mais puro afeto que já recebi de um homem adulto, de modo que o considero uma espécie de pai platônico. Mamãe afirma que eu o escolhi para ela porque comecei a chamá-lo de "papai" antes de os dois serem amantes. Não o vejo há mais de vinte anos. Há algumas semanas me mandou de presente um terno Aldo Conti acompanhado de um bilhete: "Para meu filho Cacho." Eu nunca uso terno. E além disso não coube.

No começo dos anos oitenta, mamãe teve uma filha com Armando Rico, um baterista de sessão cujo apelido era La Calilla. Ele não chegou a conhecer a Diana, minha irmã mais nova: vivia tão deprimido que, logo depois de uma discussão amorosa, encheu a barriga com barbitúricos. Os vizinhos o encontraram. Dizem que tentava dizer algo no microfone de um gravador e soltava espuma pela boca. Minha mãe havia fugido, num de seus clássicos ataques de histeria cigana, não sei se para Coatzacoalcos ou Reynosa, abandonando tanto a seu cafetão como a seus filhos. Quando voltou para Monterrey, La Calilla apodrecia num cemitério e nós devíamos dinheiro a meio mundo.

Eu sou o filho do meio. Meu pai, Gilberto Membreño, é o namorado menos espetacular que Marisela teve. Começou como entregador numa farmácia e chegou a ser gerente de vendas para vários estabelecimentos da companhia hoteleira Meliá. Em

1999, com o juízo destroçado por muito uísque Chivas Regal e tequila Sauza Hornitos, quis virar playboy: demitiu-se do trabalho, casou-se com Marta (uma moça colombiana da minha idade), comprou um Mustang 65 e fundou uma empresa que em menos de um ano foi à falência. Não o vejo desde então.

Mal terminei essa enumeração e me sinto envergonhado. Não por narrar zonas torpes: porque minha técnica literária é lamentável e os sucessos que pretendo recuperar possuem um verniz escandaloso de inverossimilhança. Estou no quarto 101 do Hospital Universitário de Saltillo escrevendo quase na escuridão. Escrevendo com os dedos na porta. Minha personagem jaz sucateada por causa de uma Leucemia Mieloide Aguda (LMA, como dizem os médicos) enquanto eu recompilo suas variações mais ridículas. Sua testa franzida na penumbra reprova silenciosamente a luz de meu laptop enquanto sonha melancolicamente sentindo saudades, talvez, da ternura assexuada de seus filhos.

Há tempos, num coquetel em Sant Joan de les Abadesses, um poeta e diplomata mexicano me disse:

– Li a nota autobiográfica que vinha junto com seu conto numa antologia. Achei-a divertida, mas obscena. Não me explicou o porquê de você se empenhar tanto para fingir que uma ficção tão terrível é ou foi algum dia *real*.

Observações como essa me deixam pessimista acerca do futuro da arte de narrar. Não lemos nada e exigimos que esse nada careça de matizes: ou vulgar, ou sublime. E pior: vulgar sem lugares-comuns, sublime sem ser esdrúxulo. Assepticamente literário. Eficaz até a frigidez. No melhor dos casos, um romance pós-moderno não passa de um costumbrismo travestido de cool jazz e/ou pedantes discursos Kenneth Goldsmith's style que demoram cem páginas para dizer o que Baudelaire dizia com três vocábulos: spleen et ideal.

"A técnica, rapaz", diz uma voz em minha cabeça, "considere a técnica."

À merda: em sua juventude, mamãe foi uma índia ladina e bonita que teve cinco maridos: um cafetão lendário, um policial baleado, um regio goodfella, um músico suicida e um patético imitador de Humphrey Bogart. PERIOD.

Seu último companheiro data de começos dos anos noventa. Tínhamos acabado de nos mudar para Saltillo (essa cidade na qual hoje, enquanto amanhece, ouço em vez do canto dos pássaros o murmúrio das bombas de infusão que reinam no hospital) quando se enroscou com Margarito J. Hernández. Jornalista. Alcoólatra. Feio. Durou pouco; mamãe não o amava.

Margarito foi responsável por meu primeiro emprego de adulto: fui revisor numa revista política corrupta. Um dia me disse:

– Você tem que jogar tudo pro alto e sair do México. Porque você vai ser escritor. E um escritor neste país não serve pra nada, é peso morto.

Ao chegar à metade dos cinquenta, Marisela decidiu aceitá-lo: estava só. Seus três filhos mais velhos haviam parado de lhe dirigir a palavra. Não tinha amigas. Nem suas noras nem seus netos a visitavam. Fraturou três ossos em poucos meses. Em 1997, foi diagnosticada com uma osteoporose severa. Pouco a pouco, como quem não quer nada, começou a usar seu nome verdadeiro: Guadalupe Chávez Moreno. Novinho. Recém-tirado do baú da infância.

O que nenhum de nós sabia era que, ao renunciar simbolicamente a sua fantasia de ser Outra, e, portanto, escrever por cima um nome de princesa, mamãe também havia decidido envelhecer. Nunca chegou a ser uma mulher adulta. Em menos de dez anos, passou da adolescência mórbida à senilidade prematura. E esse recorde – ou melhor: esse mau hábito – é a única herança que chegará a seus filhos.

Saio do hospital logo após as primeiras trinta e seis horas de acompanhante. Mónica passa por mim no carro. A luz da vida real me parece bruta: um leite cru pulverizado e transformado em atmosfera. Mónica pede que eu junte os recibos para o caso de serem dedutíveis do imposto. Acrescenta que meu ex-chefe prometeu a ela que iria pagar uma parte dos gastos, em nome do instituto de cultura. Que Maruca se comportou bem mas sente muito a minha falta. Que regou há pouco o jardim, a paineira, o jacarandá. Não entendo o que ela diz: não consigo fazer a conexão emocional. Respondo que sim a tudo. Esgotamento. Não possuo a destreza do equilibrista nem o furor de uma pessoa desequilibrada para conseguir cochilar numa cadeira sem braços, longe da parede e muito perto do reggaeton que toca no rádio da salinha das enfermeiras: atreìvete te te salte del cloìset destaìpate quiìtate el esmalte deja de taparte que nadie va a retratarte. Uma voz dentro da minha cabeça me acordou no meio da madrugada. Dizia: "Não tenha medo. Nada que é teu vem de ti." Massageei minha nuca e voltei a fechar os olhos: supus que fosse um koan de um vendedor ambulante proferido pela vidente Mizada Mohamed na televisão ligada do quarto ao lado. Não é a realidade que nos torna cínicos. É essa dificuldade para conseguir pegar no sono nas cidades.

Chegamos em casa. Mónica abre o portão, tranca o Atos e diz:

— Se você quiser depois de almoçar pode vir aqui rapidinho para ler e tomar um sol. É sempre bom saber que o sol saiu.

Gostaria de debochar da minha mulher por dizer coisas tão piegas. Mas não tenho forças. Além do mais o sol cai com uma alegria palpável sobre meu rosto, sobre o gramado recém-molhado, sobre as folhas do jacarandá... Me jogo na grama. Maruca, nossa cadela, sai correndo e pulando para me receber. Fecho os olhos. Ser cínico requer retórica. Tomar sol, não.

Quando deu entrada no pronto-socorro, alguém escreveu seu nome errado: Guadalupe "Charles". Todos no hospital a chamam assim. Guadalupe Charles. Às vezes, em meio à escuridão, quando fico com mais medo, tento imaginar que estou velando o delírio de uma desconhecida.

Depois de mil malabarismos – buscas no Google, tentativas por Skype, e-mails para contas que já não existem e telefonemas para linhas faltando um dígito –, Mónica localiza meu irmão mais velho num celular com código de Yokohama, no Japão. Pede para ele me ligar. Atendo. Jorge pergunta, solene, sem me cumprimentar:

– Está todo mundo aí, em volta dela?... Todo mundo tem que estar com ela, acompanhando-a nesse momento tão difícil.

Acho que ele está há tantos anos fora que deve ter acabado engolindo a exótica pílula propagandeada pelas marcas de chocolate Abuelita: Não-Há-Amor-Maior-Que-O-Amor-Da-Grande-Família-Mexicana. Respondo que não. Saíd está arruinado e com certeza metido com algum tipo de droga pesada; no estado em que está, não tolera a tensão hospitalar. Mónica desempenha, do lado de fora (quero dizer na rua, mas "a rua" é para mim, hoje, algo imensurável: hiperespaço), o trabalho de Diretora de Comunicação e Logística da Leucemia da Minha Mãe. Diana tem dois bebês e só pode ficar por um turno a cada duas noites. Adriana continua perdida: saiu de casa quando eu tinha 7 anos, de modo que não a conheço. Só a vi duas ou três vezes desde que viramos adultos. A última foi em 1994.

Melodramático que sou, acrescento:

— Meus expedientes dessa última semana consistiram em ficar trinta e seis horas cochilando e escrevendo junto à cama de uma moribunda.

O que não acrescento é isto: bem-vindo à nação dos apaches. Coma os seus filhos se não quiser que o cara-pálida, that white trash, os corrompa. A única Família abastada do país encontra-se em Michoacán, é um comando do narcotráfico cujos membros se dedicam a decepar cabeças. Jorge, Jorgito, rélou: A Grande Família Mexicana desmoronou como se fosse um monte de pedras, Pedro Páramo se desfazendo sob o facão de Abundio diante dos olhos assustados de Damiana, a modelo da Televisa que recita no automático: "Da lagoa de Celestún, XEW o saúda..." Nada: não sobra nada de nada, porra nenhuma. Nesta Suave Pátria onde minha mãe agoniza não sobra sequer um pedaço de papel picado. Nem uma dose de tequila que o perfume do marketing não tenha corrompido. Nem mesmo uma tristeza ou uma dignidade ou um tumulto que não tragam impressos em si, como ferro de marcar gado, o fantasma de uma AK-47.

Duas noites antes de internarmos minha mãe, Mónica sonhou que construíamos uma piscina ao lado da figueira. O entulho, que tirávamos de lá em carrinhos de mão, não era pó nem pedra: eram coxas humanas. Curioso, falei, não pensei em te contar mas sonhei que haviam reduzido as pontes da perimetral a apenas uma pista porque na de cima um caminhão, carregado de cabeças gigantes cujo rosto era o autorretrato de Ron Mueck, tinha virado. Estavam com os olhos abertos e o cabelo cheio de sangue.

(Durante o café da manhã, Felipe Calderón Hinojosa surge em cadeia nacional informando as realizações de seu governo, cujas cifras positivas ele considera – obviamente – mais relevantes que cem milhões de pesadelos.)
Jorge pergunta:
– Você está preparado?... – E acrescenta: – É algo natural. Não entra em desespero. É o ciclo da vida.

Como se eu estivesse a fim de ouvir clichês. Lembro de um verso premonitório de Juan Carlos Bautista: "Lloverán cabezas sobre México." Falava dos executados em La Marquesa? Ou do autorretrato de Ron Mueck? Falava da leucemia da minha mãe?... Choverão cabeças sobre o México. Não sei em que planeta vive esse japonês que tem o mesmo sobrenome que eu. É claro que estou preparado; acaso A Família me deu outra opção?

Cada lar naufraga junto a um mito doméstico. Pode ser qualquer coisa: a excelência escolar ou a paixão pelo futebol. Eu cresci sob a sombra de uma volta do parafuso: fingir que a minha família era realmente uma família.

Jorge saiu de casa depois que fiz 13 anos. Não lembro de tê-lo conhecido antes dos três. (Como disse Chesterton: "O que sei sobre o meu nascimento chegou até mim pela tradição oral, e sendo assim poderia ser falso.") Isso nos deixa com uma margem de dez anos compartilhados. Contudo, mamãe não se contentava em ficar andando de um lado pra outro: quase sempre apenas um de seus filhos (eu, com frequência; anos depois, minha irmã mais nova) era o escolhido para acompanhá-la em suas orgias ferroviárias. Enquanto isso, os restantes eram ou abandonados com parentes e/ou em lares de "senhoras de confiança": babás rígidas e cruéis que nos ensinaram a amar Charles

Dickens numa terra de índios. Havia uma senhora Amparo, de Monterrey, que falava que era melhor eu ir me preparando porque quando fosse mais velho seria bicha. Dizia isso para se livrar de antemão da culpa pelos bravos esforços que seu filho mais velho empreendia tentando me violar. Em Querétaro, havia uma senhora Duve, que, para ficar definitivamente com Saíd (seu preferido por ser mais bonito e mais novo), sequestrou ele, mantendo-o por quatro dias num sótão, comendo e dormindo no chão e com um dos tornozelos amarrado a um corrimão. Outra mulher, em Monclova, nos obrigou a abdicar de nossos apelidos infantis (Coco, Cachito, Pumita) sob pena de surra de vara na bunda.

Tenho certeza de que tais maus-tratos não eram crueldade pura e simplesmente. Eram ocasionados, em parte, pela frustração de que, às vezes por semanas, mamãe não cumprisse com os pagamentos para nos manter.

De modo que convivi pouco com Jorge, esse rapaz japonês que encarna a figura paterna mais sagrada de que terei notícia, durante cinco anos e meio e mais algumas férias de verão. Agora ele já passou dos 40. Eu estou perto dos 38. E teoricamente devo escrever a ele uma carta que começa assim: "Infelizmente, os prognósticos se cumpriram: Lupita está com leucemia. Lamento te dar essa notícia sem poder também te dar um abraço."

(Entre nós dois, sempre a chamo de *Lupita*. Não para me distanciar dela, mas para me afastar dele. Como se informa a um estrangeiro quase desconhecido que a mãe dele, a sua mãe, agoniza...?)

Logo após o circunlóquio inicial, passo a pedir-lhe dinheiro. Termino a carta e a mando por e-mail. Fecho meu laptop. Saio do hospital junto com Mónica. Temos uma hora e meia para comer. Vamos a um Vip's. Ela pede:
— Por favor, me diz qual é o prato que sai mais rápido.
— Pois não, senhora. Estamos aqui para lhe servir. O que desejar.
— O prato mais rápido, por favor.
— Sim... Se achar bom, sugiro o peito de frango grelhado. Ou o bife de arrachera marinado com totopos. Temos vários tipos de hambúrguer, todos muito gostosos. Ou quer algo light...? Temos um menu light. Também temos um festival de mole, quatro pratos dif... Não...? Pois não, senhora. Mas, enquanto não chega, posso lhe oferecer uma entrada? Que tal um rolinho primavera? Querem ir pedindo a sobremesa...?

A comida demora uma eternidade. Durante a espera, duas garçonetes, um copeiro e o jovem subgerente vêm a nossa mesa, com desculpas embriagantes. Você consegue imaginar algo assim em Paris ou Havana...? Claro que não. O que demonstra, entre outras coisas, que a Revolução mexicana foi um fiasco: as verdadeiras revoluções têm como principal objetivo transformar os garçons em déspotas e mal-educados.

Quando enfim chegam os pratos, Mo e eu estamos muito mal-humorados. Não saboreamos a comida. Saímos irados. Ao pagar a conta, a moça do caixa se desfaz em cortesias e nos pede que por favor preenchamos se não for incômodo um questionariozinho cujo único objetivo é apenas melhorar a cada dia o serviço que a empresa nos oferece, buscando constantemente, é claro, a excelência. Aponta duas plaquinhas metálicas na parede: "Missão" e "Visão": novamente o onincompetente novoriquismo ISO 9000 mexican style nos cumprimentando com a obscena soberba de um Carlos Slim que acaba de tomar banho nos disfuncionais banheiros de cinquenta milhões de clientes desnutridos. O México é, todo ele, o território da crueldade. Logo me dou conta: sou assim, igual. Esse serviço de restaurante é uma metáfora da carta que acabo de escrever a meu irmão japonês. Sou um garçom num país de garçons. Às vezes meus colegas de trabalho saem na revista *Forbes*, às vezes se contentam em carregar uma faixa tricolor no peito. Dá no mesmo: aqui todos nós, os garçons, mantemos a regra cívica de cuspir dentro da sua sopa. Primeiro roubaremos seu tempo com nossa cortesia proverbial. Depois roubaremos seu tempo com uma estupidez criminosa.

Welcome to Suave Pátria.

A gorjeta, por favor.

Mamãe caveira

Num Dia dos Mortos sonhei que a caveira era minha mãe. Havíamos caminhado meio Michoacán: Uruapan, Playa Azul, Nueva Italia, Venustiano Carranza, Santa Clara, Parracho... Parávamos em hotéis fantasmas. Na incômoda cabine de uma caminhonete. Em casas semidestruídas cuja única iluminação era um lampião a óleo. Não fomos a turismo, não fomos por altruísmo; éramos parte da torcida fanática que seguia um glorioso esquadrão que estava ameaçado de extinção: Los Madrugueros del Balsas. Um time de futebol em cujas fileiras pelejavam o Garras, o baixinho Mel, Eledeazul, a Torre Mijares, o Ciclón. Os barmen e garçons do bordel da cidade de Lázaro Cárdenas em que minha mãe ganhava a vida.

Alguém veio nos contar – isso foi alguns anos antes de o engenheiro Cuauhtémoc Cárdenas implantar o governo priísta e arruinar minha infância com uma lei seca ferrenha – que o negócio prosperava naquele povoado graças à nova estrada e graças também ao apogeu do ferro, que derramava suas benfeitorias pela siderúrgica Las Truchas. Centenas de trabalhadores solitários recém-desterrados da serra de Guerrero e de Oaxaca visitavam ansiosamente as tendas das putas, a qualquer hora. Ex-guerrilheiros desenganados e desertores do exército e fugitivos da colheita do coco ou da papoula que um dia acordaram, pela primeira vez, desfrutando de um emprego de baixo risco, um salário respeitável e um décimo terceiro bem gordo.

Para sentir o terreno, apenas eu e mamãe nos mudamos de Querétaro; meus irmãos ficaram para trás, provisoriamente aos cuidados da senhora Duve. Como não podíamos pagar outra babá e o aluguel de uma casa, minha mãe convenceu o encarregado do negócio de me deixar morar escondido no quartinho que ela alugava no fundo do prostíbulo. Para acalmar a consciência do sujeito, teve de prometer – como se aquilo não fosse um puteiro e sim uma pensão para moças – que em nosso quarto nunca entrariam homens.

Com a organização mental de um burocrata, minha mãe trabalhava cinco turnos de oito horas por semana. Das dez da noite até as seis da manhã. Da noite de terça até o amanhecer de domingo. Nunca ganhou muito. Sua receita provinha de cobrar danças e bebidas. Sempre se gabou de ser uma prostituta com um código de conduta rígido, e sua regra principal consistia em não realizar coitos em troca de pagamento ("Eu danço", ela dizia, quando, profundamente alcoolizada, nos pedia perdão; "Eu danço", e, como se fôssemos bebês incapazes de entender suas palavras, balançava o quadril e apoiava uma das mãos no abdômen, elevando a outra para perto da orelha). Hoje me parece uma regra despropositada, inclusive impraticável. Porém, penso que, mais que exercitar a moral e os bons costumes, havia nessas ideias um resquício de militância sindicalista, herdada da participação de meu avô Marcelino no movimento ferroviário de fins dos anos cinquenta.

Minha mãe voltava para o quarto ao amanhecer. Bêbada, normalmente. Me apertava contra seu peito e tentava dormir algumas horas. Acordado, eu esperava ouvir os roncos dela para escapulir de suas mãos de unhas compridíssimas e sair do quarto para a rua, tentando evitar o rangido da porta metálica, as broncas do zelador e a presença das outras mulheres emperequetadas e histéricas, com seus gritos e obscenidades que eu ouvia do outro lado da fileira de portas dos quartos de fornicação: *sua puta vadia medrosa dadeira chupa-rola filha de um pau-mole do caralho se você lavasse sua buceta tão bem quanto paga um boquete*. Caminhava por um corredor estreito que ladeava o antro avermelhado até a rua, ou melhor dizendo, até o terreno baldio cercado por um alambrado que havia junto ao prostíbulo. Um estacionamento (àquela hora sem nenhum carro), onde diariamente os barmen e os garçons, cheios de olheiras e encharcados de suor, improvisavam uma virtuosa pelada de futebol.

No começo, todos detestavam que eu fosse espectador. Assim que me viam, os jogadores paravam com as hostilidades para informar ao encarregado que lá estava de novo o desgraçado do moleque da Mary espiando eles. O encarregado acordava a minha mãe e ameaçava nos despejar. Mamãe me levava de volta ao quarto, segurando o choro, certamente com vontade de me bater. Só dizia:

— Filhinho, por favor, se comporta, fica cuidando de mim enquanto eu durmo, não está vendo que eu estou sozinha...?

Eu nunca obedeci.

Com o passar do tempo, e não querendo mais interromper as coisas a toda hora (uma partida de futebol com muito tempo de bola parada é como uma gravura oriental reduzida a postal da Hallmark), os jogadores se conformaram com minha condição de espectador. Para disfarçar minha presença ilícita, o encarregado ficava sempre de pé a meu lado para ver o jogo. Depois, algumas mulheres – entre elas minha mãe – foram começando a aparecer ao redor do alambrado. Não demoraram a surgir os gritos de incentivo, as apostas, a cerveja matinal...

Um dia, o gorducho Mel foi até o encarregado com um pedido comunitário:

– Já estamos bem treinados, doutor. Queremos que você seja nosso padrinho. Queremos que inscreva a gente na liga municipal.

Assim nasceram Los Madrugueros del Zombi (Zombi era o nome artístico do estabelecimento). Em seu papel de patriarca, o encarregado pagou as inscrições, as fotos das credenciais e todo o custo dos belíssimos uniformes em grená e branco que descosturavam totalmente a cada jogo. Ciclón veio ver minha mãe uma tarde (ficou no corredor, claro) e explicou a ela que, como eu sempre os acompanhava e ficava torcendo, ele propusera que eu fosse o mascote do time. Era um pretexto para tentar trepar com ela. Mas não me importei com isso: lembro apenas da emoção arrebatadora ao me colocar diante do espelho para vestir meu primeiro uniforme de futebol.

Os Madrugueros ganharam o campeonato municipal. Tinham tudo o que era necessário para se tornarem um rolo compressor entre os times: treinamento diário em horário matinal e restrito, vontade doentia de se destacar em algo, proibição de beber quase todas as noites, um rancor disciplinado, treino para fazer cera em equipe... Tinham também, obviamente, a torcida mais provocativa e desconcertante do torneio.

Cheios de si com o sucesso, usaram o direito de campeões (direito que as autoridades locais tentaram escamotear deles de todo jeito, ofendidas com a ideia de que a cidade de Lázaro

Cárdenas jogasse contra o resto do estado de Michoacán representada por um bando de batedores de carteira, seguranças de bordel e cafetões) para se inscrever na liga estadual. Para escandalizar ainda mais a todos, mudaram de nome: seriam a partir de então Los Madrugueros del Balsas.

– Agora vocês não representam apenas um humilde bordel – declamou o encarregado na elegante cerimônia realizada em torno do balcão da espelunca –: representam o próprio rio caudaloso que corre num dos lados da nossa amada cidade, perto da maior e mais próspera siderúrgica do México.

Foi aí (como costuma acontecer com o país logo após os melhores discursos do presidente em exercício) que tudo foi pelo ralo.

Os Madrugueros descobriram muito tarde que, para brilhar no estadual, faltava um patrocínio de verdade: dinheiro. Era preciso viajar duas vezes por mês para jogar de visitante, o que implicava se ausentar do trabalho e portanto perder as gorjetas. Nem sempre tinham de ir muito longe, mas Michoacán é grande: em algumas ocasiões, o trajeto podia durar até quatro ou cinco horas. Também precisavam comprar comida, pagar a gasolina, pernoitar. Não era fácil conseguir hospedagem para treze ou quatorze pessoas nos povoados menores do estado. Sem contar que sempre tinha um rancheiro desconfiado que sacava sua Magnum antes mesmo de ouvir um bom-dia se alguém entrasse acidentalmente nas construções clandestinas de sua propriedade.

Outra complicação era a logística de transporte. Quando perdiam a partida, as recriminações mútuas faziam com que fosse perigoso alguns jogadores voltarem juntos para casa. Quando ganhavam, era importante contar com pelo menos um veículo amplo, com bom motor e facilmente manobrável, porque os torcedores locais, habituados à Lei da Serra, não são de conversa-fiada. Sobravam cusparadas, baldes d'água, pedradas, garrafadas... Nunca faltou um espectador que sacasse seu facão e ameaçasse cortar as bolas de nosso meia-atacante.

Se jogavam em casa, o problema era ainda maior. Por não contar com o apoio da liga municipal nem de qualquer outro time lazarense, os Madrugueros (afinal de contas haviam humilhado em campo executivos de banco, operadores de caldeiras e engenheiros formados no Tec de Monterrey) muitas vezes não tinham um campo para sediar seus jogos. Uma vez ou outra se atreveram a improvisar uma partida menos importante no estacionamento onde treinavam. Demarcaram os dois gols com baldes d'água. A comissão estadual do esporte os multou e decretou jogo perdido por W. O.

O patrocínio financeiro cessou. A torcida debandou. Os jogadores foram desertando, pouco a pouco. Às vezes, apenas nove ou dez se apresentavam e tínhamos que subornar o árbitro para que não anulasse a partida. Minha mãe e eu continuávamos sendo os mais assíduos. Ela entendia o que o time significava para mim e nunca desprezou esse meu capricho.

Então chegou o último jogo do torneio. Entramos em campo em Maldemillares, comunidade de poucas centenas de habitantes. Foi uma pelada deprimente porque todos sabiam que o time já estava desclassificado e que aquilo era apenas para cumprir com o calendário esportivo. Nem eu tinha ânimo suficiente para torcer e gritar ou beijar a camisa do meu uniforme gasto. A partida terminou em 3 a 1. Os locais, sabendo de nossa posição na tabela, tiveram piedade: fomos convidados para a festa que se seguiu no povoado.

Era um 2 de novembro. Apesar de estarmos em Michoacán, a celebração não era em nada parecida com essas fanfarronices folclórico-esquizoides que nos enfiam goela abaixo nas escolas públicas: nem altares mortuários nem lamparinas nem pratinhos com tamales nem pequenas cruzes de sal. Em vez disso, crianças com sotaque chicano falando de halloween entre os milharais e os estábulos, e velhinhas rezando o terço com o rosto coberto por véus pretos e maquiagem Avon, e senhores de Ramblers fumando maconha ou bebendo charanda ao som das músicas de Led Zeppelin ou de Los Cadetes de Linares...

A única coisa extraordinária foram as caveiras de açúcar. Não lembro de ter visto algo assim antes. Tinham nomes escritos na fronte. Ciclón, ardiloso como era, trouxe uma em que estava escrito "Mary" para minha mãe. Eu fiquei com ciúmes. Para me consolar, mamãe me deu umas jujubas. Com um pouco de raiva e outro pouco de gula, coloquei todas na boca e as destrocei em duas mordidas. Estavam com um sabor terrível, gosto de injeção. Quer dizer: gosto do cheiro do álcool nos algodões com que me untavam antes de me dar uma injeção.

Voltamos para Lázaro naquela mesma noite, acomodados na caçamba de uma picape. Alguns Madrugueros cantavam em coro, baixinho, uma música de Rigo Tovar: donde te has ido, mujer, no lograrás encontrar otro cariño como este.

Dormi embalado por esse murmúrio.

Sonhei que era um deles. Sonhei que minha mãe me beijava na boca. Ajeitava meus cabelos e dizia: dorme. Acariciava-me com suas mãos tão finas, com a ponta afiada de suas unhas compridas pintadas com um roxo vibrante, com suas mãos brancas como fósforo, mãos que acendiam fagulhas na escuridão. Percorri com meus dedos seu braço até chegar ao ombro, ao pescoço, ao rosto: tudo muito doce, tudo muito claro; tudo era osso. Minha mãe era uma caveira branca e dura com cheiro de injeção. Uma morta do halloween. Um esqueleto pelado de açúcar.

 Acordei assustado, chorando, entre os cantores. Minha mãe quis me abraçar mas eu, com os olhos abertos, continuava vendo em seu rosto a face da morte. Quis escapulir dela e saltar da picape. Marisela me envolveu com os braços, sujeitando-me contra seu peito. Acalmou-me. Lembrou-me quem ela era. Disse duas vezes:

 – Sou eu, Cachito, a mamãe. Sou eu.

 Alertado por outros passageiros, o motorista parou o veículo. Nos detivemos um pouco numa curva da estrada. Pedi que Marisela me deixasse ver bem seu rosto para comprovar que não era A Ossuda. Como estávamos na penumbra, um dos jogadores pegou seu isqueiro e iluminou a cara dela com a chama.

 – Viu? – ela disse, com uma voz tranquilizante – Sou eu. Tudo normal: minha pele, minhas orelhas, meu cabelo.

 Respirei aliviado e abracei seu torso. Reiniciamos a jornada. Os viajantes voltaram a cantar. Agora uma de Camilo Sesto: vivir así es morir de amor, por amor tengo el alma herida.

 Essa foi a última vez que Los Madrugueros del Balsas jogaram uma partida de futebol.

 Ao chegar ao Zombi, minha mãe arrumou a cama, me deu um banho e me ninou. Depois tomou uma ducha e começou a se maquiar para trabalhar, mesmo que por pouco tempo.

Eu a espiava com os olhos entreabertos, fingindo dormir. Perguntava-me se sua pele não era simplesmente mais uma dessas camadas de pintura, pó, cremes e outras misturas que ela passava nas pálpebras, bochechas e na boca. Como em *Los Invasores*, o programa de tevê no qual os aliens se disfarçam de terráqueos: "David Vicent os viu..." Perguntei-me se minha mãe não era, na verdade, por baixo de toda aquela maquiagem, a própria morte: a caveira que vi em meu sonho.

Mamãe retórica

Isto que escrevo é uma obra de suspense. Não por sua técnica: em sua poética. Não para você, mas para mim. O que será destas páginas se minha mãe não morrer? Tentei fazer um retrato à mão livre de minha mãe leucêmica. Um retrato enfeitado com minhas lembranças mais pueris, dados biográficos e alguns toques de ficção. Um retrato (um relato) que dê conta do estado clínico dela sem sucumbir completamente aos clichês comuns a situações assim: médicos e choro, integridade sem limites do paciente, solidariedade entre seres humanos, purificação da mente através da dor... Não, por favor. Garçom: retire esses leftovers de Patch Adams.

Sigo e contradigo uma lição de Oscar Wilde: a beleza é mais importante que a existência. A beleza é a vida verdadeira.

À diferença de Wilde, que pensava que os testemunhos são inúteis e que o transcendente é embelezar nossa percepção do real povoando nosso entorno com objetos sublimes, eu vejo os enfeites (até o sublime corre o risco de se tornar enfeite) como novo-riquismo e obscenidade. Transformar um anedotário em estrutura, pelo contrário, sempre oferece o desafio de tentar alcançar certo grau de beleza: encontrar um ritmo a despeito dessa vulgaridade à prova de som que é a vida. Wilde considerava que escrever autobiograficamente reduz a experiência estética. Não concordo: apenas a proximidade e a impureza de ambas as áreas podem criar sentido, e é precisamente disso que se trata *The Ballad of Reading Gaol*, única obra assinada pelo imortal C.3.3. Formalizar sintaticamente o que te acontece (ou, melhor dito, o que você acha que te acontece) na contraluz de um corpo vizinho é (pode chegar a ser) mais do que narcisismo ou psicoterapia: uma arte da fuga. Por isso *De Profundis* continua sendo um texto belo, atípico e difícil. Claro que eu não sou nem a unha do dedo mínimo de Oscar Wilde. Entretanto, tenho uma ligeira vantagem pragmática sobre ele (além do quê, é claro, possuo certa liberdade de ir e vir, meus trabalhos forçados são apenas mentais e uso um computador; sou um dândi): eu não "me reprovo terrivelmente" por não conseguir escrever. Pelo contrário: inclusive, se o amor doentio que sinto por minha mãe eventualmente destruísse meu ofício (ou qualquer outra coisa que tenha de destruir), continuaria sendo um amor codificado em palavras. A luxúria de hospital que sequestra e avilta minha energia e minha atenção é, em alguma medida, um tempo sexualmente morto. *Anima sola*. Tempo no qual se materializam, além de um buraco negro, excelentes momentos de escrita. Minha falência e minha prisão e minha encíclica são feitas de uma só pulsão.

 Escrevo para transformar o perceptível. Escrevo para entoar o sofrimento. Mas também escrevo para tornar menos incômodo e tosco este sofá de hospital. Para ser um homem habitável (ainda que por fantasmas) e, portanto, transitável: alguém útil para minha mãe. Enquanto não me abater poderei sair, negociar amizades, pedir que me falem as coisas sem rodeios, fazer compras na farmácia e contar direito o troco. Enquanto conseguir teclar poderei dar forma ao que desconheço e, assim, ser mais homem. Porque escrevo para retornar ao corpo dela: escrevo para retornar a um idioma do qual nasci.

Quero aprender a vê-la morrer. Não aqui: num reflexo de tinta preta: como Perseu espreitando, no reflexo de seu escudo, a cabeça da Medusa sendo cortada.

E se minha mãe não morrer? Valerá a pena ter dedicado tantas horas de vigília junto a sua cama, um exercício estrito de memória, não pouca imaginação e certo decoro gramatical; valerá a pena este arquivo de Word se minha mãe sobreviver à leucemia...? Só de fazer essa pergunta me transformo na pior das putas.

Minha mãe ficaria orgulhosa de saber que foi ela que me deu minhas primeiras e mais consistentes lições de estilo. Me ensinou, por exemplo, que uma ficção só é honesta quando mantém sua lógica na materialidade do discurso: ela mentindo para os vizinhos acerca de sua origem e de seu trabalho com um vocabulário requintado, incomparável ao do resto das mulheres do bairro, impossível de se imaginar saindo da boca de uma prostituta que não cursou nem dois anos do ensino fundamental. Na adolescência me fez ler o *Manual*, de Carreño e, em seguida, *A canção do carrasco*. Ela havia sublinhado neste último uma passagem que descrevia um presidiário cuja curiosa habilidade consistia em dobrar elasticamente sua cabeça para baixo e chupar o próprio pau.

Permitiu-me intuir que os sentimentos profundos não admitem distinções taxativas entre suportes sublimes e banais, e que essa incômoda condição da beleza será sempre usufruída cinicamente por diletantes e burocratas do gosto: é fácil manipular os sentimentaloides semicultos com um ou dois jambos raquíticos, e por outro lado todos ficamos envergonhados com a ignorância, essa desoladora noite escura da fala. Uma vez, caminhando pela Barra de Coyuca, ela apertava minha mão até causar dor e entoava lugares-comuns popularizados por Lorenzo Santamaría, um cantor que estava na moda: *para que no me olvides ni siquiera un momento, y vivamos unidos los dos gracias a los recuerdos, para que no me olvides*. Parou de repente, chorando, pôs-se ao meu lado e disse:

— Você e eu sabemos que essa música não vai tocar no rádio pra sempre.

Semanas antes de minha mãe cair doente, Heriberto Yépez me escreveu de Tijuana para contar suas impressões de alguns dos famosos *language poets*, que conhecera numa viagem a Chicago e Nova York.

Os *language* me parecem muito inteligentes mas em noventa por cento do tempo não me comovem. Ao conhecê-los ao vivo, entendi por quê: são o típico gringo inteligente mas sem alma. Um dia, um dos principais, Bruce Andrews, me disse, como se dissesse "estou com sede", que ele "don't fuckin' care about spirituality". Vai se ferrar; quero continuar acreditando que ele disse isso porque tinha tomado três cervejas. Não consigo conceber um poeta que não tenha uma veia espiritual. Sem espiritualidade não existe poesia.

Estive a ponto de responder: com certeza. Porque naquele momento me parecia algo fora de discussão. Mas logo veio a leucemia com seu coquetel de remédios e seu manual de exercícios insanos. Agora estou às cegas, junto à cama de minha mãe, escureceu novamente e a oscilação sonora do hospital faz as vezes de um detector de mentiras. Guadalupe "Charles" jaz conectada à bomba de infusão de sua sexta sessão de quimioterapia. Está com a pressão baixa. E com dor nas gengivas. Não vomitou, mas está há cinco noites com uma grave prisão de ventre. A médica receitou Metamucil e muita água, de modo que Guadalupe bebe três litros por dia. Continua sem cagar mas mija a cada vinte minutos. Como está conectada à máscara negra – assim minha mãe apelidou o soro duplo da químio –, tenho que trazer a comadre e colocá-la debaixo de suas nádegas, retirá-la quando o som para, limpar a buceta com um lenço de papel e depois esvaziar o mijo na privada. Há pouco molhou a cama e eu precisei chamar duas funcionárias da limpeza para trocarem os lençóis. Minha rotina antisséptica acaba sendo um trabalho mais ou menos árduo, que, somado ao entra e sai de médicos e enfermeiras e às trocas de turno e aos horários das refeições e à chegada de contas e receitas, interrompe a escrita. Será que a espiritualidade é poder ir da redação desta frase ao cumprimento de minhas responsabilidades diárias sem que haja entre uma e outra área qualquer silêncio de percepção? Será que é um horror tão profundo diante do vazio, horror esse que me torna solícito na hora de cultivar dejetos? Ou será que é a minha certeza frouxa de que a verdadeira redenção consiste em olhar o excremento (finalmente) nos olhos, tal como estou fazendo agora: sentado comodamente num sofá, sem deus e sem sapatos? Ou será um demônio mais sutil e malicioso: essa tentação ou comichão de repetir três vezes, à la Beetlejuice, as palavras de Bruce Andrews, sem acreditar totalmente nelas:

"I don't fuckin' care about spirituality / I don't fuckin' care about spirituality / I don't fuckin' care..."?

E se minha mãe ficar curada?

Depois de amanhã vão bombardeá-la com a sétima sessão química. Vão colocar mais sangue nela e um novo carregamento de plaquetas. Depois ficará em observação de dez a quatorze dias, o que inclui recolher uma nova amostra de medula óssea (já imagino os gritos). E então talvez esteja pronta para voltar para casa.

Só de pensar que ela pode se salvar, perco o ritmo da respiração; paro de escrever com desenvoltura. Tenho uma visão *material* disto: um texto. Uma estrutura. Uma estrutura, preciso acrescentar, na qual insuflei certo ar trágico.

E se minha mãe não morrer? Vou ser justo contigo, *leitor* (assim os ególatras do século XIX chamavam a esse filão angustiado), se te levo com pistas falsas e através de uma escrita que carece de obeliscos: um discurso-plasma...? Vale lembrar que sou uma puta: tenho uma bolsa, o governo mexicano me paga mensalmente para escrever um livro. Mas com que cara posso avançar na escrita se a poética leucemia de minha personagem é derrotada por uma ciência da qual eu mesmo necessito...?

Isto que escrevo é uma obra de suspense. Não em sua poética; por sua técnica. Não para mim, mas para você.

Mamãe madrasta

> Cara, dolce, buona, umana, sociale...
> Eros Alesi

E aos 33, última idade de Cristo, formei uma banda de rock e a batizei de Madrastas. E batizei-a assim – nunca o havia dito a ninguém – para debochar de minha mãe, a mesquinha, a pedinte, a ditadora, a maltratada mulher da vida e filha da mãe a quem durante anos chamei secretamente de minha madrasta porque eu era uma princesa e ela uma bruxa intrometida que arruinava a minha vida, o melhor, o barato, roubando um colarzinho de ouro de minha segunda esposa ou dizendo como eu deveria trocar as fraldas do meu primeiro bebê. E muitas vezes bateu à porta da minha casa como deus num soneto de Félix Lope de Vega y Carpio para me lembrar que sou um lixo de um mestiço que esses diplomas e recortes de jornal me elogiando não são nada que cheguei à classe média pela porta dos fundos com um suéter puído. E me ligava e ligava. E eu ficava quietinho me escondia me trancava no quarto cheirava uma duas oito carreiras de cocaína e ela gritava abre filho eu sei que você está aí eu sei que você anda muito mal estou preocupada estou aqui sentada na porta não tenho um centavo não como desde ontem estou doente abre filho por que você é assim por que se tornou um cachorro com raiva e depois de novo o choro abre filho por favor e eu outra carreira.

E eu disse a mim mesmo: amanhã abriremos, para depois o mesmo responder amanhã.

E parei de vê-la, por anos, porque apenas sua presença me deixava miserável. E uma voz repetia em minha cabeça: a culpa de você ser um white trash é sua. E outra voz debochava: se você não é branco é um índio pé rachado alguém moreno com sobrenome estrangeiro uma piada biológica um vil mestiço mas com certeza: com certeza: um lixo. E eu a impedi de ver meus filhos para não os contaminar. E por medo de contaminá-los também (ou porque não sou o que chamam de uma boa pessoa) eu mesmo os abandonei. E gozei a vida tive orgasmos mais sublimes que uma viagem de ópio bebi comi cheirei fumei dormi com mulheres cândidas sórdidas orais anais icônicas alcoolizadas ágeis débeis mentais verdadeiras artistas frígidas apaixonadas companheiras de luta bastardas da casa de Bornón sem me livrar nunca dessa espinha na ponta da minha orelha chamada dois filhos contaminados por mim eu que já não sou uma princesa sou também um pai padrasto uma pedra no sapato de suas adolescências arruinadas.

E uma noite disse a ela que estava fodendo a minha vida. E me pedia dinheiro. E passava dias deprimida por não ser mais bonita: largada num sofá murchando às custas do meu salário rindo com péssimos filmes mexicanos dos anos setenta que passavam na tevê aberta. E jogava em mim a culpa e jogava nela a culpa de tudo. E ela me disse se é pra você ir embora vai logo de uma vez seu filho da puta mas você não é mais meu filho agora para mim você não passa de um cachorro com raiva. E eu a odiei de setembro de 1992 até dezembro de 1999. E durante esses anos a cada dia me dei religiosamente um momento de ódio dela com a mesma devoção com que outros rezam o terço. E eu a odiei de novo algumas vezes na década seguinte só que sem método só por inércia: sem horário fixo. E sempre a amei com a luz intacta da manhã na qual ela me ensinou a escrever meu nome.

E uma vez quando era pequeno alguém me bateu na rua e minha mãe me conduziu à delegacia de polícia para prestar queixa mas o golpe não estava visível. E para fazer o dano ficar mais evidente e assim castigar o culpado, ela mesma me deu um segundo chute no tornozelo.

Mamãe leucemia

Ligou-nos cedo num sábado. Alguns dias depois Mónica iria inaugurar uma exposição com seus desenhos em Aguascalientes, de modo que estávamos atarefados embalando quadros e fazendo as malas. Falou um pouco com minha mulher. Depois comigo. Mencionou suas netas, queixou-se dos caminhões que passam perto de sua porta "fazendo um barulho infernal", criticou o budismo de Paty Chapoy, elogiou Barack Obama... O tom de sua voz no outro lado da linha era chocante. Parecia uma velhinha.

– Preciso de uma coisa – disse antes de se despedir. – Preciso que você compre pra mim um andador de alumínio. Estou muito cansada.

Eu disse que sim e desliguei.

Mónica achou que podia ser algo grave.

– É o jeito dela de me chantagear porque não tenho ido visitá-la – respondi.

Demos uma passada na casa de minha mãe uma noite antes de pegar a estrada.

Não gosto da casa dela. A fachada é azul royal e tem janelas redondas pintadas de branco. Há pouco mais de um metro e meio entre o teto e o patamar da escada que leva ao segundo andar. Quase nenhum interruptor funciona: temos que acender as luzes conectando cabos desencapados a tomadas atrás de um quadro ou de uma reentrância da parede ou de uma pilha de roupas velhas que teoricamente estão à venda. Todos os cômodos vivem cheios de tralha: cadeiras frágeis eternamente aguardando conserto; mesas de cabeceira estilo Frankenstein Tardio feitas com pedaços de madeira sem pintar; revistas de medicina ou de mistérios pseudocientíficos que datam dos anos noventa, com manchas de umidade após pelo menos quatro chuvas; máquinas de costura desmontadas; eletrodomésticos desmontados; fragmentos de brinquedos Fisher Price ou Lily Ledi ou Mattel; frases bregas impressas em laca e acrílicos coloridos e/ou podres; pratos e copos e vasilhas, sobretudo de plástico.

    Em frente à porta que dá para a rua há dois grandes espelhos, um aparador, uma cadeira moderna toda cromada e uma mesa cheia de utensílios para pentear e cortar cabelo. Nisso consiste o La Estética: o negócio que minha mãe e minha irmã mantêm há quatro anos, a duras penas.

    Não desce para nos receber. Temos que subir até seu quarto. Diana abre a porta e nos escolta.

    Minha mãe está deitada na cama com os olhos fechados. Sua pele cor de papel pardo parece diluída, amarelada, como se estivesse coberta por uma camada de nixtamal. Conta que teve uma infecção grave no intestino. Que não pôde trabalhar por quatro dias, mas recentemente conseguiu ir ao banheiro e se sente melhor. Agora, diz, só está fraca. É que não tem comido bem. Promete começar a fazer isso hoje mesmo. Está triste.

    Diana, que não aguenta mais lidar com a hipocondria que aflige Guadalupe há anos, diz rispidamente:

— Você tem que sair da cama.

Mónica e eu ficamos calados.

Não é para tanto, penso: ela só tem 65 anos. Quinze ou vinte minutos depois de ficar fazendo cafuné nos cabelos dela, proponho irmos ao médico. Ela diz que não. Não tem problema. Já está bem e ficará melhor ainda graças a minha visita. Ela faz drama mas não mente: me ama. E eu a ela, ainda que com essa paixão ambígua do Iscariote que na história foge levando consigo o saquinho de moedas de prata, intacto...

(É por isso que fico aliviado por não ter de levá-la ao médico? Esse indivíduo que agora caminha com meus ossos é um bom filho ou um sociopata...?)

Voltamos para casa. Deitamos cedo porque o plano é pegar a estrada antes do amanhecer. Sonho a noite toda que estou inclinado sobre uma pia cuspindo litros de saliva preta e tentando aliviar meu mal-estar com um remédio popular em cujo rótulo se lê: *Hiel Ayudada*.

Os dias passam e mamãe continua igual. Ligo para Aldo Reyna, nosso médico de confiança, e peço que venha comigo vê-la. Aldo ausculta ela com um cuidado desesperador. Fica com uma expressão grave no rosto antes mesmo de a consulta terminar. Vai até o laboratório da esquina, pede um kit e coleta ele mesmo as amostras de sangue e urina necessárias para fazer um hemograma.

– Por que você não me ligou antes? – ele diz, me reprovando, ao descermos a escada anã.

Não sei o que dizer: estou vigiando para que ele não bata a cabeça no teto de hobbit do patamar.

Os resultados chegam perto das seis. Aldo teve que ir para um jantar de família (é justamente o Dia do Médico), de modo

que Mónica lê tudo. Antes de falar comigo, liga para ele. Aldo pede que ela leia em voz alta os números de glóbulos brancos e plaquetas. Há um momento de confusão, ansiedade, delay...
Depois ele ordena:
— Diga ao Julián que precisamos interná-la agora mesmo. Fala pra ele cancelar qualquer compromisso nas próximas semanas.

Ficar doente é algo que possui níveis daltônicos de percepção, que vão de um fim de semana arruinado ao horror. A pior estação desse trem não se encontra nos extremos e sim numa zona indefinida do trajeto: a dor que é polida até a condição de diamante intocável. Alguém logo te conecta a um cabo da intensiva. É o sublime trono de Kant, mas sem o crochê lírico e sem as caminhadas vespertinas para fazer a digestão; apenas com a caverna úmida. Uma esfera sensível. Só que a esfera é o símbolo da perfeição. E chamar de perfeição o que minha mãe está prestes a viver seria pura maldade.

Ela deu entrada no pronto-socorro. Ficou quatro horas naquele galpão dividido por cortinas onde a cada dois metros alguém chora. Disseram para eu ficar ali, mas que deixasse espaço para passagem, de modo que fiquei um bom tempo esbarrando em enfermeiras, médicos, mesas e cilindros de oxigênio enquanto a escutava gritar "O que estão fazendo comigo, não façam isso, por favor", e "Sessenta centímetros, sessenta centímetros". Em seguida, Aldo surgiu de trás de uma cortina, junto com um jovem médico que apresentou como Valencia.

— Ela vai ter que ficar — disse esse último. — É melhor você se preparar para uma longa estadia. Tome bastante água, coma bananas, vista roupas confortáveis. Vamos precisar de doadores de sangue. Muitos. Seu primeiro impulso vai ser doar você mesmo. Não faça isso. Você é bom para dar más notícias?

Entregaram-me os papéis que eu deveria apresentar na recepção da internação.

Fora do pronto-socorro, o escasso público já se reunia: Mónica, Diana e Gerardo, Saíd e Norma. Juntei-me a eles e ficamos uns minutos fumando e tomando café enquanto eu contava as notícias. Depois fiz os trâmites necessários e voltei ao pronto-socorro em busca de Lupita. Ela já não estava lá: tinha sido transferida para a unidade de Clínica Médica. Demorei quase duas horas para encontrá-la.

Enquanto isso, a recém-rebatizada Guadalupe Charles foi colocada na divisão de Clínica Masculina: não havia macas disponíveis na ala feminina. Na ausência de um parente que a acompanhasse, as enfermeiras tentaram obter diretamente com ela as informações que deveriam colocar no registro. Guadalupe respondia a tudo "sessenta centímetros, sessenta centímetros", com os olhos brancos e a cabeça caída no ombro. Tiraram sua roupa. Colocaram nela uma camisola que deixava suas nádegas de fora. Puseram-na numa cadeira de rodas de plástico com formato de vaso sanitário e a arrastaram até o banheiro, que estava ocupado. Na ausência de um parente acompanhante, as enfermeiras decidiram abandoná-la um pouco no meio do corredor com a bunda à vista de todos. Quando enfim deram banho nela, resolveram fazê-lo sem levantá-la de sua cadeira de rodas: com uma longa haste em forma de gancho deslizaram seu corpo debaixo de um jato de água fria, tiraram-no para esfregá-lo com uma bucha e em seguida colocaram-no de novo debaixo da ducha durante o tempo que acharam necessário para sair todo o sabão.

Quando consegui achá-la estava no quarto 108 (no dia seguinte seria transferida para o 101, para isolamento). Jazia junto a um octogenário que fora vítima de um enfisema, separada apenas por uma cortina verde translúcida. Estava com o cabelo úmido e espalhado sobre uma toalha. Toquei sua testa e ela entreabriu os olhos. Murmurou:

– Todos temos um espaço. Eu tenho sessenta centímetros, não sei onde, nos quais posso descansar. Que bom que você os trouxe, filho.

Comecei a acreditar que a Terra era redonda quando entrei na quinta série. Meu colégio ficava do outro lado da linha do trem, quase fora do povoado do norte em que morávamos na época. Já éramos pobres o suficiente para que a ideia de pagar transporte público todo dia fosse considerada inacessível. A cada manhã eu tinha de caminhar uns quatro ou cinco quilômetros. O sinal da entrada tocava em horário infame: 6:45. Mas ao menos eu tinha a liberdade de escolher entre dois caminhos nas minhas idas até lá. Podia desviar um quilômetro para o sul e cruzar a linha do trem que separava meu bairro da Federal Número 2 usando uma passagem de pedestres subterrânea. Ou podia dormir quinze minutos a mais e fazer o trajeto me pendurando entre os vagões do pátio de máquinas, e ainda desfrutar da adrenalina extra de pular (com a mochila presa nas costas, tipo um paraquedista da U. S. Army) de cima dos vagões que se deslocavam a velocidades enganosas.

Não demorei a deixar de lado esse desnorteamento que quando criança me uniu aos Ferrocarriles Nacionales de México, essas latas-velhas cuja fiação e velocidade variaram pouco desde os tempos da Revolução. Eram como cavalos: máquinas bravas e mortais, mas também pusilânimes e submissas, domesticáveis. Driblar os vagões e ver como era o amanhecer do outro lado deles foi minha maneira de sair da caverna de Platão. Entendi que não era natural que um pedaço de ferro se colocasse como limite da vida. Ou ao menos invento isso agora, enquanto a enfermeira me enfia uma agulha e analisa se estou apto para uma doação de plaquetas.

Um dia pulei do eixo em movimento que unia dois contêineres de milho e, ao cair do outro lado e tropeçar, simplesmente entendi. Que idiota, pensei, como não fui perceber antes. Uma sensação copiada de Charlton Heston em *Agonia e êxtase* quando, ao fugir do papa, Michelangelo fica perplexo diante dessa milagrosa polaroide chamada A Criação: nuvenzinha crescendo em direção à nuvenzinha. Nesse ligeiro tremor de superfícies, flutuando como um *anime* de seda ou gaze num trem que vai em direção aos limites de cristal de vento do descampado, sentindo-me felizmente fora de foco, entendi, com a lucidez de um sayajin:

– A Terra é uma esfera.

Claro.

Não tenho muita experiência com a morte. Suponho que em algum momento isso acaba se tornando apenas um problema de logística. Eu deveria ter treinado com algum primo junkie ou com alguma avó com doença coronariana. Lamento muito, mas não tenho currículo nisso. Caso aconteça, estrearei já na série A: sepultando a mãe, a minha mãe.

Um dia, eu estava ao violão quando alguém tocou a campainha. Era a vizinha. Soluçava.

– Queremos pedir que você pare de tocar violão. Cuquín foi atropelado por um caminhão da Coca-Cola. Morreu. Estamos velando ele aqui em casa, há algum tempo.

Eu tinha 15 anos e parecia uma cigarra. Fiz-lhes o favor de me calar. Para compensar, fui ouvir "Born in the USA" no walkman.

Logo em seguida alguém voltou a tocar a campainha com insistência. Era meu xará, filho da vizinha e irmão mais velho do menino morto. Falou:

– Vem comigo comprar sacos de gelo.

Pus uma camiseta – era verão: no verão de 47 graus do deserto de Coahuila todo mundo vive seminu dentro de casa –, pulei a grade e caminhei junto dele até a vendinha de cerveja.

Me explicou:

– Já está começando a feder. Mas minha mãe e meu pai não querem perceber isso.

Compramos quatro sacos de gelo. Na volta, meu xará parou na esquina e começou a chorar. Eu o abracei. Ficamos assim por um tempo. Depois levantamos os sacos do chão e eu o acompanhei a sua casa. De dentro do lar saíam lamentos e gritos. Ajudei com sacos até a varanda, dei boa-tarde e voltei para meus fones de ouvido.

Lembro disso hoje porque aconteceu algo semelhante comigo uma noite dessas. Saí para comprar água no Oxxo em frente ao hospital. Ao voltar, notei um pedestre driblando com muita dificuldade o trânsito na avenida. Num momento, pouco antes de chegar onde eu estava, o sujeito parou entre dois carros. As buzinas não demoraram. Deixei minhas garrafas d'água no meio-fio, me aproximei e puxei-o com força para a calçada. Logo que encostei nele, o sujeito deslizou os braços em volta do meu tórax, me abraçando, e desatou a chorar. Murmurava algo sobre sua "pequena"; não entendi se era uma filha ou sua esposa. Perguntou se eu podia emprestar um cartão telefônico. Dei o meu para ele. Há algo repugnante no abraço de quem chora a perda da vida: te sujeitam como se você fosse um pedaço de carne.

Não sei nada sobre a morte. Só sei um pouco sobre mortificação.

No último ano de minha adolescência, quando eu tinha 16 anos, houve um segundo cadáver em meu bairro. Também não tive coragem de ver seu caixão porque, ainda hoje, tenho a sensação de ter feito parte de uma espécie de plano fortuito para seu assassinato. Seu nome era David Durand Ramírez. Era mais novo que eu. Morreu num dia de setembro de 1987, às oito da manhã, com um tiro de pistola automática calibre 22. Sua desgraça influenciou a decisão da minha família de se mudar para Saltillo, influenciou minha opção de estudar literatura e minha escolha profissional e, no fim das contas, o fato de eu estar aqui, sentado na varanda da leucemia, narrando a história de minha mãe. Mas para explicar como a morte de David Durand marcou minha vida, tenho que começar antes: muitos anos atrás.

Tudo isso aconteceu na Ciudad Frontera, um povoado de uns trinta mil habitantes que surgiu por causa da indústria siderúrgica de Monclova, Coahuila. Foi nesse lugar que minha família viveu seus anos de maior fartura e também todo seu catálogo de humilhações.

Chegamos lá logo após a falência dos prostíbulos em Lázaro Cárdenas. Mamãe nos trouxe em busca de uma transformação mágica: pensava que naquele povoado, onde também estavam construindo uma fundição de aço, nosso lar voltaria a gozar da bonança dos tempos lazarenses anteriores à lei seca.

Não estava errada, no começo: conheceu dom Ernesto, um velho dono de gado da região, num prostíbulo chamado Los Magueyes. Ele começou a frequentá-la como a uma puta qualquer, mas com o passar dos meses se deu conta de que minha mãe não era boba: lia muito, possuía rara facilidade com aritmética e, seja lá o que isso possa significar, era uma mulher de princípios indestrutíveis. Era, sobretudo, incorruptível no que diz respeito às finanças alheias, algo que neste país torna alguém quase um estrangeiro.

Dom Ernesto contratou-a para ser seus olhos e ouvidos em dois negócios: outro prostíbulo e o posto de gasolina do povoado. Deu-lhe um salário justo e a tratava afetuosamente. O que não o impedia de, às vezes, depois de três ou quatro tequilas, tentar enfiar a mão por debaixo das saias dela, rompantes que ela tinha de driblar sem perder o trabalho nem a compostura. Marisela Acosta estava feliz. Organizou os filhos de modo que cuidassem uns dos outros, para não gastar mais dinheiro com babás neuróticas. Alugou uma casa com três quartos e um patiozinho. Comprou alguns móveis e um Ford azul-celeste meio mal-ajambrado. Trouxe terra preta com esterco de Lamadrid e com ela plantou, nos fundos da casa, uma pequena horta de cenouras que nunca cresceram. O nome de nosso bairro era sinistro: El Alacrán. Mas, por piegas que isso possa soar (e soará: o que mais poderia se esperar de uma história que ocorre na Suave Pátria?), morávamos na esquina das ruas Progreso e Renacimiento, número 537. Ali, entre 1980 e 1982, nossa infância aconteceu: a minha e a da minha mãe.

Depois veio A Crise do Cachorro e, dentro do meu panteão infantil, José López Portillo ficou para a posteridade (são palavras de minha mãe) como O Grande Filho da Puta. Os negócios suburbanos de dom Ernesto faliram. Voltou para seu gado e demitiu Marisela. Mantivemos a casa, mas começamos de novo a pingar de lugar em lugar: Acapulco, Oaxaca, Sabinas, Laredo, Victoria, Miguel Alemán... Mamãe tentou, pela enésima vez, ganhar a vida como costureira em uma fábrica têxtil da Teycon que havia em Monterrey. O salário era criminoso, ela recebia por hora e contratavam-na para dois ou três turnos por semana. Sempre acabava voltando aos prostíbulos diurnos da Calle Villagrán, puteiros sórdidos que na metade da manhã ficavam lotados de milicos e policiais mais interessados nos travecos que nas mulheres, o que tornava a concorrência violenta e miserável.

Logo ficou impossível continuar pagando o aluguel da casa. No final de 83 nos despejaram e apreenderam todos os nossos bens. Quase todos: por meio de uma petição expressa, o atuário me permitiu pegar alguns livros antes que a polícia colocasse as garras no caminhão de mudança. Peguei os dois mais grossos: a obra completa de Wilde numa edição da Aguilar e o volume 13 da *Nueva Enciclopedia Temática*. A literatura sempre foi generosa comigo: se precisasse voltar a esse instante sabendo o que sei hoje em dia, escolheria os mesmos livros.

Ficamos três anos na miséria absoluta. Mamãe havia comprado uma propriedade que ficava em terrenos comunitários em conflito, mas lá tínhamos apenas algumas dunas pequenas, cactos mortos, meio caminhão de brita, trezentos tijolos e dois sacos de cimento. Fizemos uma pequena construção sem fundações que batia mais ou menos na altura do meu ombro e tinha um teto que fabricamos com pedaços de papelão. Era preciso entrar engatinhando em nosso lar. Não tínhamos água nem esgoto nem luz. Jorge abandonou o colegial e conseguiu um trabalho moendo nixtamal na tortilleria de um refeitório industrial. Saíd e eu cantávamos nos ônibus em troca de moedas. Mamãe – que então já havia dado à luz Diana, minha irmã mais nova – estava sempre viajando.

Ao cabo de um ano, Jorge explodiu: pegou algumas roupas e saiu de casa. Tinha 17 anos. Só fomos ter notícias dele em seu vigésimo terceiro aniversário: acabara de se tornar gerente de turno no hotel Vidafel de Puerto Vallarta. Deixava claro em sua carta que era um trabalho temporário.

– Nasci no México por algum erro – me disse uma vez. – Mas qualquer dia eu corrijo isso de uma vez por todas.

Conseguiu: aos 30 anos emigrou para o Japão.

Não posso falar de mim nem de minha mãe sem mencionar essa época. Não pelo que tem de patético ou de triste, mas porque ela é nossa versão de espiritualidade: um híbrido entre *Os esquecidos* e o *Caminho do dharma*. Ou melhor, e mais vulgar: *Nosotros los pobres* em trajes de caratecas místicos; *A câmara 36 de Shaolin*. Três anos de pobreza extrema não te destroem. Pelo contrário: despertam em você uma lucidez visceral.

Cantando nos ônibus intermunicipais que transportavam o pessoal da AHMSA de volta para algum lugar no árido arquipélago de povos vizinhos (San Buenaventura, Nadadores, Cuatro Cieìnegas, Sacramento, Lamadrid), Saíd e eu descobrimos dunas de areia quase cristalina, montes pretos e brancos, enormes campos de nogueiras, um rio chamado Cariño, poços de água fóssil com estromatólitos e tartarugas de bisagra com seus cascos de girafa... Ganhávamos nosso próprio dinheiro. Comíamos o que nos desse vontade. Assim dizia o refrão com o qual terminávamos todas as nossas apresentações: "Isso que eu tô fazendo aqui / é só porque não quero roubar aí." Aprendemos a pensar como artistas: vendíamos uma parte da paisagem.

Às vezes soprava um grande vento, nossa versão coahuitelca do simum. Soprava forte e arrancava os pedaços de papelão que cobriam aquele barraco em que morávamos. Saíd e eu saíamos correndo atrás de nosso teto, que rodopiava e voava baixo pelo meio da rua.

Entre 1986 (ano do Mundial) e 1987 (ano em que David Durand morreu), as coisas melhoraram bastante: alugamos uma casa, compramos alguns móveis e pouco a pouco fomos voltando à categoria de "gente pobre mas honrada". Salvo o fato de que Marisela Costa, sem que a maioria dos vizinhos soubesse, precisava ir quatro noites por semana aos prostíbulos da cidade vizinha de Monterrey, em busca do dinheiro com o qual conseguia nos mandar para a escola.

Eu estava no primeiro ano do colegial e, apesar do estigma de ter sido um menino que pediu esmola diante dos olhos de meio povoado, aos poucos havia conseguido ficar amigo dos Durand, uma família de loiros descendentes de franceses que não tinham lá muito dinheiro (o pai era motorista de caminhão) mas eram bastante populares.

Uma noite, Gonzalo Durand me pediu para ir com ele a La Acequia. Ia comprar uma pistola.

Gonzalo era uma espécie de macho alfa da gangue da esquina; nos reuníamos de noite para fumar maconha e mexer com as meninas mais novas que saíam da escola. Ele não era só o mais velho: também era o melhor de briga e o único que tinha um bom emprego, operador de dessulfurizador no Forno Cinco da AHMSA. Acabava de fazer 19 anos. A idade das ilusões armadas.

Os escolhidos para compartilhar seu rito de passagem fomos eu e Adrián Contreras. Nos metemos num Maverick 74 com placa gringa e seguimos para o bairro ao lado. Primeiro lhe ofereceram um revólver Smith & Wesson ("esse é do bom", dizia o vendedor, com voz pastosa, certamente com o bucho cheio de xarope para tosse). Depois mostraram a pequena pistola automática. Apaixonou-se na hora por ela. Comprou.

No dia seguinte, Adrián Contreras veio até mim e disse:

— Aconteceu uma desgraça. Gonzalo disparou a pistola acidentalmente e matou o Güerillo, que estava dormindo.

A primeira imagem que me veio à mente foi sinistra: Gonzalo, sonâmbulo, crivando de balas sua família... Mas não: Gonzalo saiu do trabalho após o turno da noite e, sem dormir e ansioso, foi correndo para casa, escalou o beliche e começou a limpar a pistola escondido debaixo dos lençóis. Havia uma bala na câmara. Ele, que não entendia nada de armas, nem percebeu. A pistola escorregou de suas mãos e ele, tentando pegá-la de volta, disparou acidentalmente. O projétil atravessou o beliche e atingiu o ventre de seu irmão mais novo, que dormia na cama de baixo.

David Durand tinha o quê, 14 anos? Uma vez fugiu com a namorada. Queriam se casar. Os respectivos pais encheram os dois de pancadas. Morreu nos braços de Gonzalo, no banco do Maverick, a caminho do hospital.

Adrián e eu fomos ao enterro mas não nos atrevemos a entrar na capela. Tínhamos medo de que a qualquer momento alguém perguntasse: "Mas onde esse moleque arrumou uma pistola...?".

Gonzalo ficou preso por alguns meses. Foi a última notícia que tive dele. Minha mãe, muito séria, falou:

— Coitado de você se um dia eu te pegar olhando armas de fogo ou se juntando de novo com esses vermes.

O resto do ano passou. Um dia, pouco antes do Natal, mamãe chegou em casa muito cedo e ainda com bafo de álcool. Saíd, Diana e eu estávamos dormindo na mesma cama, abraçados para espantar o frio. Ela acendeu a luz, sentou do nosso lado e polvilhou sobre nossas cabeças uma chuva de notas de dinheiro amassadas. Estava com a maquiagem igual à de um palhaço e em sua testa se via uma pequena ferida vermelha.

Disse:

— Vamos embora.

E assim, sem nem empacotar as coisas ou desmontar a casa, fugimos do povoado da minha infância.

De vez em quando volto a Monclova para dar uma palestra ou apresentar um livro. Às vezes passamos de carro pelos limites de Ciudad Frontera, a caminho dos poços de Cuatro Ciénegas ou indo colher romãs no sítio de Mabel e Mario, em Lamadrid. Digo a Mónica, quando estamos na estrada Carlos Salinas de Gortari: "Minha infância aconteceu atrás desse aeroporto." Ela responde: "Vamos." Eu digo a ela que não.

Um dia acorda xingando as enfermeiras.

– São umas estúpidas, Julián. Fico vinte horas conectada à máscara negra, elas desligam a bomba e eu digo: "Quero tomar banho." Uma me responde: "Pode ir, entra lá, já te trago outra camisola." Você acredita? Eu com a agulha enfiada no braço e o aparato ainda pendurado, arrastando que nem alma penada o recipiente vazio da quimioterapia. Você acredita? E que jeito de dizer pra ela: "Você não reparou, sua idiota, que eu não consigo tirar a camisola se você antes não me desconectar desse saco de lixo?" Porque aqui essas senhoras só de te ouvir respirar ficam ofendidas. São umas estúpidas.

Minha irmã sai do quarto e diz para a moça que está de plantão:

– Ela já fala de você como se fosse filha dela.

Não sei se seu rancor é dirigido à moça ou a nossa mãe.

Teoricamente tudo isso poderia ser interpretado como boas notícias. Mas a tentação da esperança é o maior perigo. Baixar a guarda. Não vou fazer isso. Caso ela fique curada, que bom. Caso morra, não tinha jeito mesmo. Não há bênção que se compare ao gesto de amar sua mãe, vê-la desfalecer e não fazer absolutamente nada. Quero dizer, nada que seja emotivo: assinar cheques, comparecer a reuniões médicas, recrutar doadores de sangue, sim. Mas nada mais.

Neste mês, minha vida se assemelha não tanto a uma tragédia, mas à campanha de um político. Fico o dia todo por conta do celular. Aperto mãos. Abraço. Dou livros e balas de presente para as enfermeiras. Trato minha mulher e minha irmã como se fossem minhas coordenadoras de comunicação social, os médicos como patrocinadores, os funcionários públicos como líderes do meu partido, meus conhecidos como uma néscia e manipulável massa de eleitores... Trato o desmazelado corpo de minha mãe como se fosse um projeto de lei. Olhem para ela: está descomposta e com febre, precisa de seu sangue, nunca valeu nada, mas com um pouco de ajuda, se tiver nossa confiança, se os jovens participarem, logo logo deixará de ser uma pena ou uma ocorrência para mim, logo deixará de ser essa pessoa cheia de chagas que jaz numa cama estreita. Logo ficará curada e será um símbolo do Triunfo do Bem no Seio de Nossa Sociedade.

Dias bons.

Dias maus.

Por exemplo, na sexta: permitiram que ela desse um tempo da químio, e ela, em troca, resolveu atazanar meio mundo. Levantou da cama, tomou banho sozinha, pediu que lhe cortassem o pouco cabelo que resta (a químio está deixando ela careca), comeu com apetite e sentada no sofá, pediu para ver um chick-flick da Jennifer Aniston, encheu o saco o dia inteiro dizendo estar pronta para voltar para casa. No dia seguinte acabou a luz no hospital e atrasaram oito horas para lhe fazer uma transfusão de plaquetas. Voltou a ficar com o semblante anêmico e só teve forças para encurvar as costas a cada vez que trazíamos a comadre. Me disse baixinho, apertando as mandíbulas:

– Por favor, me leva. Me leva de volta pra minha casa. Não quero morrer olhando pra esse chão colorido ridículo.
Dias bons.
Dias maus.
Graças à leucemia entendi que o provisório não é uma escolha: é o ritmo da mente desnudado. Só se passaram 21 dias, mas o contato humano tal como eu conhecia já desapareceu, tragado pelo tsunami microscópico do câncer. O contato humano se tornou uma substância pegajosa. Um arquipélago de coágulos empacotados e refrigerados sob a luz amarelada do Banco de Sangue. Ela é um vampiro e eu sou seu Reinfield: minha mãezinha chupou metade dos meus amigos pela veia.

Primeiro, solicitaram cinco bolsas de sangue. Eles já tinham B positivo, então tanto fazia o tipo que depositássemos em troca. Mais de vinte pessoas apareceram para doar. Mulheres, na maioria. Apenas três candidatos passaram no teste; todas as meninas estavam com anemia e boa parte dos rapazes eram promíscuos, consumiam alguma droga pesada ou tinham feito tatuagem nos últimos meses. Não demorou para pedirem mais: quatro, cinco, seis, sete bolsas de sangue. Parecem fígados embalsamados pela Mattel. Numa terça, reunimos umas dezoito pessoas para conseguir coletar o resto das transfusões de que Lupita precisaria. A Grande Maratona Intelectual Por Uma Boa Causa: junte-se, ajude, participe.

Todos passamos, um após o outro.

O Banco de Sangue tem um quê de altar asteca. Os rejeitados saem com os olhos cheios d'água, envergonhados, dobrando o papelzinho com diagramas que dizem que seu sangue não está apto para ser sacrificado. Poetas menstruadas. Cantores desnutridos. Pintoras com veias finas demais. Historiadores com excesso de glóbulos vermelhos. Jornalistas com virose. Produtores culturais sem plaquetas. Um grupo de altos representantes da civilização, ridicularizado por uma maldita agulha.

Até então a mortificação era mais ou menos rabelaisiana, embora governada por uma lógica darwinista e fiduciária: preciso do seu sangue, e em troca te ofereço essa zona mercantil do idealismo a que chamamos Amizade. Algo que pode ser reduzido, ainda que como metáfora, a um FMI. Mas depois solicitaram a primeira de doze transfusões de plaquetas. As plaquetas são um líquido espesso cuja aparência é semelhante a suco de abacaxi. Para extraí-las é necessário conectar o torturado a uma máquina que tira o sangue, suga o espírito amarelo e devolve o bagaço vermelho ao organismo sequestrado. Quando digo "torturado" não estou usando uma figura de linguagem: perguntem a quem já doou plaquetas como se sentiu. Que champanhe que nada: extrair um litro de plaquetas custa o mesmo que três garrafas do Moët & Chandon mais básico. Mamãe refinada e gótica.

Meu tio Juan – tio-avô, na verdade – foi um caçador de bruxas. Conta minha mãe que ele as caçava com uma corda benzida, um rosário, um lençol branco, uma vela vermelha feita de gordura animal e com um pedaço de lata cortante, os dedos traçando vinte vezes uma cruz nas costas do Ser Maligno.

– Pra pegar uma bruxa, você tem que fazer duas coisas – Marisela explicava, acariciando com suas unhas compridas nossos braços arrepiados, em algumas noites daquela época feliz que morávamos no bairro de Alacrán –: rezar e xingar. Porque elas ficam indignadas ao ouvir o nome de Deus, e as vulgaridades misturadas com essas manhas santas tiram o chão delas. O tio Juán era um verdadeiro cão, um mestre da caçada. Primeiro lançava uns pai-nossos, depois as chamava de quengas imorais e filhas de uma égua. Cercava suas cabanas (porque quase todas as bruxas de antigamente moravam em zonas rurais, não gostavam de cidade) e alternava rezas e impropérios enquanto esfregava um rosário no saco ou fazia pequenos nós na corda benzida. Às vezes cantava para seduzi-las. Músicas cubanas de que ele e seu avô Pedro gostavam: "En el tronco de un árbol una niña", "Dormir en paz debajo de la tierra". Às vezes até tocava violão para elas. E daí recomeçava: vai foder com a tua mãe, bruxa maldita. Santa Maria, mãe de Deus, rogai por nós pecadores. Elas ficavam loucas da vida. Até que a endemoninhada saía da cabana e, transformada em coruja, voava até a árvore mais próxima.

Mamãe nunca acreditou nessas histórias. Contava porque eram parte de nossa herança e porque a gente implorava para ouvi-las.

No começo dizia que não:

– Vocês não são bobos de dar bola para essas superstições. Mas também são frouxos e depois ficam a noite inteira tendo pesadelos, e quem não dorme sou eu.

(Essa última era para mim, que desde pequeno já demonstrava ser um frangote.)

No fim, conseguíamos convencê-la.

Ela tinha um talento extraordinário para a narrativa oral. Para dar um ritmo fluido a sua história, caminhava em volta da mesa da cozinha, preparando qualquer coisa: bolinhos, café com rapadura, sobremesa de tortilla de milho com leite fervido. Amarrava o cabelo (que havia começado a usar mais curto: pouco abaixo do ombro) e, olhando para outro lado, passava a mão na nossa nuca para nos assustar.

– "Com essa corda te prendo à terra. Com essa corda te prendo à terra." O Juan repetia isso sete vezes, que é um número da magia branca. Repetia e caminhava em volta da árvore escolhida pela bruxa, fazendo pequenos nós na corda benzida. A coruja (porque vocês precisam saber que não existe coruja boa: todas são transformistas ou comparsas de alguém maldito) se contorcia na árvore querendo voar, mas não conseguia: apesar de estar em cima da árvore, os pequenos nós da corda benzida prendiam suas asas à terra. Depois, já bastante confusa, meu tio Juan laçava ela e a enrolava com o lençol branco. Enchia ela de arranhões, fazendo o sinal da cruz sobre seu corpo com o pedaço de lata, enquanto repetia aos gritos os insultos e as rezas. E, por último, queimava suas asas com a gordura quente da vela vermelha.

(Me pergunto se nessa época semilendária já existia a Associação Protetora dos Animais.)

Mamãe terminava a história de formas diferentes. Numa das versões, a bruxa escapava deixando no tio Juan uma cicatriz "que ele tem até hoje no rosto e é uma prova daquela batalha tão terrível". Em outra, a coruja ficava reduzida a cinzas: seu corpo se consumia tremendo e emitindo xingamentos escandalosos. Em outras eram duas, ou três, as bestas malignas. Havia ainda uma bruxa muito bonita que meu tio conseguira redimir de sua maldade, após se apaixonar por sua longa cabeleira.

– E o tio Juan, mãe, onde ele mora? Por que nunca mais visita a gente?
Mamãe baixava um pouquinho o fogo do ensopado.
– O tio Juan toca violão nos bares de Laredo. E nós não precisamos que ele nos venha ver. Nós não somos mais desse mundo porcalhão dele.

– Está sonhando com o quê, meu amor? – Mónica pergunta.
É que eu estava gargalhando dormindo.
Digo sem acordar:
– Já sei pintar as portas com lápis de cor.
Era um sonho feliz. Mónica sabe: eu nunca aprendi a desenhar.
Logo a imagem deriva; a parede em que faço uns traços pertence a um hospital. Estou com uma vestimenta de paciente, as nádegas de fora. As enfermeiras me mimam bastante: todas, uma a uma, vêm me cumprimentar. Dá para perceber que elas me acham bonito. Me deitam do lado da sombra. Perto da minha cama há uma janela. Alguém diz:
– Não abra a janela, jovem, não a abra nunca. Nessa árvore da frente mora uma coruja vampiro.
Respondo que sim, sorrindo. São doidas, gostam de mim, como é ignorante o povo desse país de merda.
Depois estou preparando uma seringa, que injetarei em minha mãe, que está com febre. Eu sei como. Sou seu médico. Mamãe, em meu sonho, está prostrada numa cama de hospital idêntica à cama de hospital na qual ela realmente dorme. Já disse que vou curá-la. Peço algodão, calibro a agulha. Um senhor solícito, de cabelo e bigode grisalhos e com uma bata

azul, pergunta se pode me ajudar. Parece o Humberto, chefe da quadrilha de enfermeiros do turno da noite na divisão de Clínica Masculina do HU. Digo que não. Dou as costas para ele. E logo me lembro: eita, caralho, abri a janela. É a filha da puta da coruja vampiro que mora na árvore. Me viro e a vejo já na cama, em minha mãe. *Nela*, não a-seu-lado. Tampouco fodendo ela. *Nela*: a meio corpo dela, como se fossem gêmeos ou como se um dos dois fosse um fantoche. Pego em sua mão e puxo ela. Digo: "Vai foder com a tua mãe, bruxa maldita." Mas a coruja vampiro não sai de dentro dos lençóis. Apenas sorri. Sem maldade. Um sorriso estúpido.

Sei que, para derrotá-la, tenho que rezar como meu tio-avô. Não consigo.

Consigo cantar, amarrá-la, seduzi-la, xingar sua mãe, cortar suas bochechas com um pedaço de lata. Rezar, não. Não rezar é tudo o que me resta.

II
HOTEL MANDALA

A GIRAFA DE LEGO

> Não sou nada mais que uma alma penada.
> Oscar Wilde

1

Volto a escrever *aqui* e é verão. Está amanhecendo. Nos dez últimos dias tenho residido no oitavo andar de um hotel cinco estrelas: The Mandala, Potsdamerplatz, Berlim. Teclo num laptop que se equilibra sobre minha barriga quente e, no escuro em meio ao luxo pseudozen de um banheiro decorado com metais minimalistas e florezinhas anoréxicas, vou exalando líquidos doces e fedidos por conta da ressaca. Cerveja de trigo escura. A menos de uma quadra daqui, trinta metros abaixo, descansam, cobertos por grafites, os dramáticos escombros da minha geração: um muro cuja superfície multicolorida parece, mais que uma relíquia pós-moderna, os restos salivados de um jawbreaker que a história não conseguiu mastigar. Como eu, que não consigo dormir. O céu do verão europeu me deixa desconcertado, liso de tão branco desde as quatro da madrugada. Pela janela vejo os banners fluorescentes que preenchem os retângulos vazados do edifício do DB, uma arquitetura cool que me hipnotiza com seus timbres oscilantes: todas as noites sonho, envolto em herméticos vapores de mercúrio, que minha mãe é um cadáver estendido na calçada em frente a um hospital de luz. Mónica dorme no quarto, a alguns passos de mim. Grávida de seis meses, sua barriga fica para fora da blusa do pijama. Estou apenas esperando ela acordar para então fazer a mala e voltar, sem emprego nem dinheiro, para casa.

É a segunda vez que visito a Alemanha. A primeira foi há três anos. Mónica e eu morávamos juntos há alguns meses quando recebi o convite para um festival de poesia. Precisaria ir a Munique, Berlim e Bonn. Meu primeiro impulso foi dar alguma desculpa, porque até então nunca tinha viajado para fora do país e queria (talvez como uma ingênua vingança contra meu irmão mais velho) permanecer assim pelo resto da vida. Mónica teve de me convencer, primeiro, a requisitar o passaporte; eu nunca tivera um. Depois, reservou duas passagens, esboçou um plano de gastos, negociou nossa hospedagem e pronto: fomos para uma lua de mel no frio.

Nas semanas que antecederam a viagem, tive um sonho recorrente. Estava enfim na Europa, a terra mágica que todos os meus amigos celebram com entusiasmo sacudindo sagrados álbuns de fotos diante de meu olhar míope. Diferentemente de todo mundo, eu não conseguia ver porra nenhuma. Os edifícios me pareciam altos demais, herméticos demais, as calçadas muito estreitas, as ruas muito confusas. Era como passar por um cemitério de Führers, cada um sepultado em seu bunker favorito. Esse pesadelo se repetiu quase todas as noites ao longo dos preparativos, as salas de espera, as alfândegas, as escalas entediantes... Uma sensação repugnante que ficou mais aguda quando desembarcamos, no meio de um outono extremamente gelado, no aeroporto de Tegel, nada espetacular, entupido de passageiros, estreito e funcional como se tivesse sido construído pelo Infonavit... Mais que ter chegado a outro país, me pareceu estar entrando numa muito bem conservada e limpa rodoviária mexicana, dessas em que estive milhões de vezes, de mãos dadas com Marisela Acosta, nos anos setenta.

Quem nos recebeu na sala de desembarque foi Anne, uma moça muito amável e tensa que se desculpou de antemão por termos de fazer nosso translado de ônibus, e não de táxi. O festival tem recursos muito limitados, explicou. Ofereceu-nos duas opções de trajeto: ir direto para o hotel pelo caminho mais curto ou empreender um desvio de meia hora até os arredores de Charlottenburg, fazendo uma baldeação no U-Bahn, de modo a conhecer rapidamente o centro da antiga Berlim ocidental e caminhar uma parte do trajeto pelo Tiergarten. Não entendemos direito: ignorância e jet lag são um poderoso narcótico. Mónica optou pela segunda proposta pensando não em nós dois, mas na empolgação de nossa anfitriã. Anne quis nos ajudar com a mala; ela nos parecia tão franzina e desamparada que não deixamos. Entramos num ônibus supermoderno – as janelas panorâmicas, contudo, me lembraram os trólebus da Cidade do México que eu tomava nos anos oitenta – e iniciamos a viagem do noroeste em direção ao sul, traçando uma linha perpendicular à avenida 17 de Junho. Anne não parava de nos explicar, em seu espanhol encantadoramente duro, tudo o que víamos passar pelas janelas: "Aqui é um edifício famoso, eu acho, não sei como se chama, mas estão desconstruindo ele porque o teto era de amianto"; "Aqui vamos encontrar com a Universidade Tecnológica"; "Agora estamos para passar à distância de uma parte do monumento que é a Elsa de Ouro..." Novamente uma miragem: achei ter visto ao longe, de dentro de um trólebus, o Anjo da Independência da avenida Reforma. Só que naquela ocasião a escultura era realmente majestosa, mais dourada que nunca e à sua volta havia um parque, como se num mundo paralelo eu fosse adolescente de novo e o prefeito da capital tivesse mandado lavar as nuvens e retirar todo o excesso de automóveis da cidade para comemorar, porque enfim o México tinha sido campeão da Copa do Mundo de futebol sendo o país sede...

Finalmente fizemos a baldeação do ônibus para o metrô e fomos zunindo até a estação Friederichstrasse. De lá, seguimos a pé até nosso hotel, o Bax Pax, a menos de uma quadra da Oranienburgerstrasse.

Logo, como se engolir bastante saliva tivesse conseguido diluir todo o amargor das alucinações de uma vez, me senti totalmente relaxado. O Mitte, no fim das contas, não era apenas mais habitável que o Tegel ou a zona oeste; era também um lugar íntimo. Havia no ar um leve aroma de perfume Condesa com notas de curry e Paquistão. Mas havia também, abrigando-se do frio junto a imponentes portas, belas prostitutas húngaras e russas com longas botas de salto e espartilhos apertadíssimos amarrados não sobre a pele: sobre grossos casacos de pena de ganso. Esse truque lhes permitia preservar e inclusive exagerar suas desejáveis silhuetas sem se expor aos ventos de dois graus centígrados. Continuei observando a espessa letargia daquela arquitetura desumana; era como se o aroma mental do Famoso Muro envolvesse a cada novo tijolo com sua essência composta metade de chantagem e metade de véu de noiva. Mas não sei por que me afeiçoei de repente às apertadas ruazinhas do antigo bairro judeu. Talvez porque os fantasmas de puteiro pré-nazista e socialismo escrupuloso tenham um ar semelhante ao de meus próprios fantasmas tutelares.

Mónica e eu não fizemos nada durante toda a viagem. Em Munique, comemos azeitonas italianas e tiramos quinhentas fotos de um conjunto de gárgulas em miniatura especialmente projetadas para consolar o tédio de turistas desorientados. Em Bonn, visitamos o Reno: foi um pouco anticlimático, os habitantes mais ou menos gordos fazendo jogging e resmungando ante nosso passo lento. De vez em quando tomávamos café da manhã com poetas latino-americanos que pareciam muito satisfeitos com sua própria genialidade. Ou conversávamos com Timo e Rike, nossos anfitriões. Falávamos sempre em espanhol, empregando uma forma secreta de regionalismos e sotaques que tão logo emergia do mar paraguaio já despencava numa cachoeira de ladainhas do bairro de Tepito, uma língua fugazmente imperial que se arrastava por gloriosos esgotos superpopulados por junkies, hinos nacionais ultravioletos entoados por países valentões e gorduchos que perderam quase todas as suas guerras; nações e subnações e regurgitações cujo único sonho bolivariano se chama Nike, se chama Brangelina, se chama pelo-amor-de-deus-alguém-arranca-uns-pelinhos-do-nariz-de-Hugo-Chávez... Os melhores poetas eram, claro, cubanos e chilenos. Mas na hora de conversarmos com eles não tinha jeito: era melhor que tivessem vindo com legendas.

    O que Mónica e eu preferíamos era percorrer as ruas vazias do outono berlinense (não tenho certeza se de fato curtíamos fazê-lo: na verdade, acho que padecíamos disso com uma profundidade desarticuladamente lírica). Insistíamos em nos perder entre os edifícios de apartamentos de três andares cujos pátios centrais com comércio pareciam um odradek ou um golem de um shopping na praia. Ou nos refugiávamos do forte vento vespertino em refinados cafés turcos em cujas portas meninos vendiam haxixe e ramos de lavanda. Ou mergulhávamos nos arredores do Volkspark Friedrichshain, por ruas que invariavelmente desembocavam em pequenas praças providas de uma igreja cinza com acabamentos verdes e dourados e grades de contenção ao redor de alguma obra pública e, mais adiante ou mais atrás, uma infeliz estátua equestre, romanticamente impecável em seu abandono. Nenhuma dessas imagens nos parecia agradável ou triste. Era mais como entrar caminhando na ponta dos pés numa paisagem interior.

Há um conto de Bradbury que narra como dois indigentes ganham a vida alugando um mirante junto à estrada: cobram dois dólares dos motoristas que se detêm para ver a cidade, pouco antes de chegar a ela. O êxito dos empresários maltrapilhos deve-se ao fato de que, por um estranho milagre, daquele patamar cada viajante contempla especificamente a urbe que move seus mais ardentes desejos: uns veem Nova York; outros, Paris; um jovem estudante descreve o que vê declamando de cor o "Kubla Khan" de Coleridge... Se eu pagasse dois dólares para subir num patamar assim, Berlim abaixo de zero seria minha bombardeada Xanadu.

Para remediar nossa imperícia cultural, planejávamos visitar um museu a cada manhã. Quase nunca conseguíamos: havia sempre uma lojinha de inutilidades ou uma barraquinha de rua que nos desviava da missão. No Hackescher Markt, perto do Hackescherhöfe, subindo a Rosenthalerplatz e indo além, Indalidenstrasse e Kastanienalle e o bairro de Prenzlauerberg, nosso trajeto era ditado não pelo prestígio histórico, mas por onipotentes quinquilharias: colares chineses de contas de plástico, pin-ups vintage com inscrições em sueco, um anel de polímero no formato de pantera estilizada, uma venda de absinto, relíquias falsificadas da RDA, papéis de embrulho estampados com quinhentos tipos de tapeçarias do fim do século XIX e começo do XX reproduzidas sem copyright, isqueiros e plumas e vidrinhos de azeite e CDs de baladas italianas dos anos oitenta e bonecos de lata com partes móveis e colares de alumínio cobertos por tintura em pó e caderninhos com a torre de TV, prateada, na capa: lixo atrás de lixo, idêntico em sua essência aos sapinhos de plástico que são vendidos nos camelôs da praça da Constituição na Cidade do México. Sirvam-nos outra rodada de Taiwan.

Mas quando, por acaso, nós conseguíamos nos desprender desses tesouros da calçada e entrávamos em algum local de prestígio que preservasse o patrimônio germânico (o Bode, o Pergamon, o gabinete de Frederico Guilherme III), a experiência acabava sendo desoladoramente vulgar: enormes frascos romanos para servir vinho, vasos gregos com desenhos de pirocas gigantescas, cabeças de mármore mais ou menos arrebentadas por pauladas ou cortes, moedinhas fenícias, bonequinhos cretenses cujo tamanho e orifícios dariam perfeitos chaveiros... Quinquilharias que, mesmo antigas, não deixam de ser tralha. A diferença não está no objeto em si, mas na história que há por trás dele. Um peixe feito de ouro maciço com pedras preciosas incrustadas que um pescador tirou do fundo do Spree com uma rede: a peça é tão suntuosa que possui alguma semelhança com a narcojoalheria mexicana. O busto de uma senhora egípcia de quem não terminaram de tirar a sobrancelha. Um frontispício helenístico que, após ser jogado no lixo, transformou-se num Lego de mármore ao qual faltarão peças eternamente...

Quando começava a anoitecer, voltávamos para o hotel e fazíamos amor morrendo de frio. Conversávamos um pouco no escuro, olhando pela janela a cúpula da sinagoga da Orianenburgerstrasse iluminada pela névoa. Mónica logo dormia. Eu a cobria, me vestia, pegava o walkman e saía em busca de uma bebida pelas ruas geladas de Spandau. Às vezes parava para conversar com travestis e prostitutas, num inglês mutuamente incompreensível. Às vezes comprava uma garrafa de absinto 68 Moulin Vert e, escondendo-a em meu casaco, embarcava no S-Bahn para beber. Sem companhia, sem uma estação certa para sair. Bebia até que a sombra das tílias secas e a velocidade da iluminação pública se transformassem em manchas: tinta preta e branca desfazendo a gravura de Berlim, como uma xícara de chá sendo derramada sobre os planos de uma cidade sagrada.

2

Quando criança meu nome era Favio Julián Herbert Chávez. Agora, no registro civil de Chilpancingo, sempre me dizem que não é assim. A nova ata difere da original em uma letra: diz "Flavio", não sei se por maldade de meus pais ou por erro dos novos ou dos velhos burocratas. Foi com esse nome, "Flavio", que tive de renovar meu passaporte e meu título de eleitor. De modo que todas as minhas memórias infantis vêm, fatalmente, com uma errata. O nome que uso para realizar as ações mais elementares (segurar uma colher, ler esta linha) é diferente do nome que uso para cruzar fronteiras ou eleger o presidente de meu país. Minha memória é um letreiro em papelão escrito à mão e afixado do lado de fora de um aeroporto equipado com Prodigy Móvil, Casa de Bolsa e uma loja Sanborns: "Bem-vindos ao México."

Nasci no dia 20 de janeiro de 1971, na cidade portuária de Acapulco de Juárez, em Guerrero. Aos 3 anos conheci pela primeira vez um morto: uma pessoa afogada. E também conheci pela primeira vez um guerrilheiro: Kito, o irmão mais novo de minha madrinha Jesu: cumpria pena por um assalto a banco. Passei minha infância viajando de cidade em cidade, de puteiro em puteiro, conforme as condições nômades que a profissão de mamãe impunha a nossa família. Ano a ano, com uma paciência fervorosa, viajei do sul profundo até as esplêndidas cidades do norte.

Pensei que nunca sairia do país. Pensei que nunca sairia da pobreza. Trabalhei – digo isso sem querer ofender, parafraseando um ilustre chefe de Estado que é um exemplo da sublime idiossincrasia nacional – fazendo coisas que *nem os negros* se dispõem a fazer. Tive sete mulheres – Aída, Sonia, Patricia, Ana Sol, Anabel, Lauréline e Mónica – e pouquíssimas amantes ocasionais. Tive dois filhos: Jorge, que agora tem 17 anos, e Arturo, de 15. Fui viciado em cocaína durante alguns dos períodos mais felizes e mais devastadores da minha vida. Uma vez ajudei a retirar um cadáver da estrada. Fumei meta numa lâmpada. Fiz uma turnê triunfal de quinze dias como vocalista de uma banda de rock. Entrei na faculdade e estudei literatura. Perdi o concurso de rendimento acadêmico cujo prêmio era apertar a mão do presidente da República. Sou canhoto. Nenhuma dessas coisas foi capaz de me preparar para receber a notícia da leucemia de minha mãe. Nenhuma dessas coisas tornou menos sórdidos os quarenta dias e quarenta noites que passei velando junto a sua cama, Noé atravessando um dilúvio de química sanguínea, cuidando dela e odiando-a, vendo-a ficar com febre até quase asfixiar, observando como ia ficando careca. Sou uma besta que viaja, cheia de vertigem, do sul para o norte. Meu caminho tem sido um retorno: das ruínas da antiga civilização até a conquista de uma Segunda Invasão dos Bárbaros: bon Voyage; Mercado Livre; USA; a morte da puta que te pariu.

    Algumas semanas antes de vir a Berlim, tive de passar horas em frente à Secretaria de Relações Exteriores. Não por mim: Sonia, a mãe de meu filho Arturo, está se mudando para o Texas. Arturo ainda não decidiu se vai com ela ou se fica mais um ano na casa de seus avós para depois se matricular numa

High School gringa. De qualquer forma, ele precisa renovar o passaporte. Mas não pode: é menor de idade, sou seu pai e ele precisa da minha autorização. E eu não posso concedê-la: segundo o registro civil mexicano, deixei de existir. Meu nome já não é meu nome. *J'est un autre* e, diferentemente de Rimbaud, possuo documentos que comprovam isso.

Arturo, Sonia e eu havíamos combinado de nos encontrar muito cedo em frente ao local. Fizemos todos os trâmites, o que nos ocupou até o meio-dia. Depois, quando enfim iam nos dar o precioso selinho com o escudo nacional, a moça reparou na pequena discrepância mecanográfica entre meu passaporte e a certidão de nascimento de meu filho. Ficou muito séria.

– Mas olha pra gente – eu quis brincar –, somos iguaizinhos.

A moça não se dignou a responder. Disse, olhando para minha ex-mulher:

– Há uma irregularidade. Preciso consultar um superior.

Torcendo a boca, Sonia ordenou (como se eu também fosse filho dela, uma estranha ideia fixa que ela tem desde o dia em que casamos) que eu esperasse lá fora junto com Arturo e deixasse ela lidar com a situação.

Já instalados num banco em frente à Secretaria, Arturo retomou o fio da meada de nossa conversa:

– Então ele mandou uma carta dizendo que tinha matado outra mulher, uma que ninguém tinha imaginado que era um crime dele. Mas já haviam passado muitos anos. Foi assim que souberam que na verdade ele não estava morto, e se não fosse pelo DNA e por um arquivo de computador e pela câmera de segurança de um Home Depot, nunca teriam capturado ele.

Era a história de BTK. Ultimamente, a cada vez que nos vemos, Arturo me conta em detalhes as vidas de assassinos famosos. Um menino argentino orelhudo que cometeu cinco ou seis homicídios antes de entrar na puberdade. Um guru rancoroso que lançou gás venenoso no metrô do Japão. O famoso Goyo Cárdenas, homenageado pelo Congresso... Há pouco tempo descobriu uma página na internet especializada no tema. Desde então aprendeu tanto que às vezes me surpreende com termos forenses que eu só havia escutado em séries de TV. Confesso que se trata de um interesse compartilhado: a violência gratuita e extrema, impune e cruel, perversamente poética, é um de meus temas mais recorrentes. Em minha adolescência, também li compulsivamente histórias e lendas de assassinos seriais. Sei por experiência que, por baixo do verniz de morbidez que cobre os relatos, há um teste constante para a empatia e para os limites morais da imaginação, um olhar compassivo. O que move o leitor é o relato de uma aventura lógica (o planejamento do crime, as deduções psicanalíticas e os elementos forenses que permitem resolvê-lo), ao mesmo tempo que sente nojo e atração, alternadamente, pelos detalhes concretos da execução, vazios de significado para além de seu aspecto pornográfico. Conheço essa intuição ambígua. Aterroriza-me pensar que eu tenha passado para meu filho a inclinação a um vício tão perturbador. Num extremo da minha consciência, possuo o cansaço de, nos últimos trinta anos, ter precisado lidar com essa veia sociopata que marcou minha infância.

Uma das razões pelas quais não fui um bom pai é o individualismo puritano com o qual percebo os laços que me unem a meus filhos. Há tempos, quando Jorge ainda estava no primário, Aída me ligou, assustada:

– O menino teve um ataque na escola. Pegou um colega, arrastou ele e bateu a cabeça dele contra a parede.

Durante todo o trajeto repeti que a culpa era minha. Eu devia ter feito algo muito ruim com meu bebê. Lembrei que costumava niná-lo sussurrando o "Va pensiero" remixado com um som de "The Rivers of Babylon". Sempre me deleitei da semelhança que tinham em seu argumento e em sua melodia. Agora, por outro lado, me pareciam canções de ninar dignas de um monstro; o salmo bíblico em que ambas se baseiam termina com este versículo: "Feliz aquele que pegar os seus filhos e os despedaçar contra a rocha..."

No fim das contas, tratava-se de algo mais simples e óbvio: outras crianças zombavam de Jorge por ele não morar com seu pai. Apelidaram-no de órfão. Um dia ele explodiu, com violência.

Até antes de conhecer Mónica, percebi que eu reproduzia uma teodiceia megalomaníaca. Ter nascido me parecia um ato de pura maldade pessoal, que só podia ser remediado gerando outra existência. Trata-se de uma ideia que herdei de minha mãe, para quem sua própria vida era condenada e maldita (assim o decretou minha avó), salvo pelo fato de ter parido a mim e a meus irmãos. Seguindo esse raciocínio criminoso, comecei a querer ser pai aos 17 anos. Era uma vontade meio sem foco. Começava com um impossível senso de responsabilidade: produção doentia, trabalho fora de hora. Enquanto cursava o último ano do colegial, aproveitava minhas noites e madrugadas para monitorar e diagnosticar informações radiofônicas para o PRI[1] e para o governo, uma tarefa difamatória pela qual eu cobrava um pagamento justo. Pouco depois, ao receber o diploma, me matriculei em dois cursos universitários e aceitei prematuramente dar aulas de redação numa escola secundária particular cujo registro estava irregular e que honrava seus professores com salários mais baixos que o de um pedreiro. Decidi me tornar um páter-famílias: durante mais ou menos dois anos proibi minha mãe de ir a prostíbulos; eu ganharia o dinheiro. Organizei as tarefas do lar, delegando-as de modo equivalente entre ela e meus dois irmãos. O resultado foi que antes de fazer 20 anos eu já havia saído na mão várias vezes com Saíd, e minha mãe e minha irmã ficaram desnutridas.

Além de colocar em prática essa bizarra cartilha para o êxito social, decidi namorar apenas mulheres mais velhas, solteiras e dispostas a fazer sexo sem proteção. A amante que melhor se ajustava a tais exigências era Aída Guadalupe, uma atriz amadora que tinha cinco anos a mais que eu. Propus a ela morarmos juntos. Mamãe ficou furiosa:

– Se você quer ficar com essa vadia maldita, tudo bem: vai embora daqui. Mas isso vai foder com a sua vida. E você está me abandonando, logo a mim, que até merda comi pra te criar esses anos todos. Se você já decidiu, vai logo. Mas você não é mais meu filho, seu desgraçado. Agora para mim você não passa de um cachorro com raiva.

Conquistei a paternidade aos 21. Depois, aos 22, me separei de minha mulher.

---

[1] Partido Revolucionário Institucional, principal partido político do México. (N. do E.)

A história podia terminar aí: um menino que foi salvo da iniquidade dos puteiros nos quais passou a infância por um bebezinho rechonchudo. Mas então conheci a Sonia. Dezenove anos. Secretária. Cursava o colegial à noite. Em algum momento teve um namorado, a quem eu nunca conheci e que, segundo ela, era idêntico ao Luis Miguel. Em termos teledramatúrgicos, o namorado abandonou-a depois de *tirar-lhe a virgindade*. Sonia começou a vir todos os dias logo após o meio-dia ao quarto que eu alugava. Nossas reuniões consistiam em trepar longamente enquanto falávamos de seu namorado. Tivemos um ano luminoso.

Antes de conhecê-la, eu havia dormido com cinco ou seis mulheres diferentes. O sexo me parecia uma mera transação: algo não muito diferente da prostituição ou da paternidade. Com ela, todavia, descobri a profundidade cívica do erotismo, isso a que minha mãe se referia sem saber quando numa tarde, caminhando junto ao grande muro de tijolos vermelhos do La Huerta, disse:

– Lobo y Melón tocavam aqui.

Transávamos com flexibilidade, mas sem grandes acrobacias. Não que fôssemos amantes excepcionais: é que demoramos muito para sair da adolescência e então nos graduávamos no esporte da lentidão. Havia uma sutileza terapêutica nesses primeiros orgasmos esclarecedores, a lufada límpida de saúde que impunha seu aroma sem retórica sobre minha arrogante e solene falta de educação, a baforada pudica que minha amante excretava a cada vez que, erguendo e virando um pouco o pescoço para trás, sussurrava:

– Não vai pensar mal de mim.

Num dia de dezembro de 93 ela veio mais tarde que de costume. Trazia consigo a prova: estava grávida. Nem sei o que disse a ela. Lembro, sim, que assim que ela saiu, me tranquei no banheiro comunitário da pensão. Fiquei horas diante do espelho, fazendo caretas e tentando contar os poros do meu rosto. Escutava as batidas na porta como se viessem de uma dimensão à qual eu não tinha acesso. Logo alguém arrombou a porta, me deu alguns socos e me arrastou para meu quarto.

De modo que, aos 23 anos (ou é assim que vejo hoje: o passado é feito de roldanas frágeis), eu estava sexualmente extasiado, recebia um salário miserável e tinha virado pai de dois filhos. Percebi com tristeza que havia fracassado em minha intenção de fugir de casa; acabara me tornando um espécime digno das anotações de um estudante de sociologia que estuda jovens descendentes de prostitutas.

– Não entendo por que você sempre fica desse jeito – disse Arturo.

– Desse jeito como?

– Assim, pensativo.

Tem 15 anos e já está da minha altura. É muito magro e bonito e, para além de sua queda por assassinos seriais, possui o que em sua família chamam de "um bom coração". Tempos atrás, quando ia fazer 8 anos, me convidou para seu aniversário. Foi uma comemoração um pouco triste: sua mãe havia organizado a festa num balneário, mas Arturo caiu de bicicleta uns dias antes e fraturou o braço. Não pôde ir com seus amigos à piscina. Passamos boa parte da tarde conversando. Queria entender o que significava algo que seu sacerdote falava muito nos sermões: o livre-arbítrio. Tentei explicar honestamente, com a convicção de que, se saíssemos daquela, falar sobre sexo no futuro ia ser moleza. Não lembro quando a conversa parou. Lembro apenas da imagem de Arturo me dando tchau por trás de um alambrado, agitando com dificuldade o gesso de seu braço. Esse é o vínculo mais intenso que me une a meus filhos: um engessado gesto de adeus.

Sonia saiu do prédio da Secretaria.

Disse:

– O homem dos passaportes quer falar com você.

– Vamos – Arturo se aprumou.

– Não – ela respondeu –, você fica aqui.

Mas nós dois já nos dirigíamos ao edifício.

O homem dos passaportes me explicou que meu documento não era válido.

– Se você tivesse vindo mês passado, não teria tido problema. Mas acabaram de mudar o delegado, e você sabe que cada funcionário tem sua própria política institucional.

Baixou a voz.

– Sugiro que você peça uma carteira de motorista com seu nome antigo no departamento de trânsito. Vão te pedir no máximo quinhentos pesos, acho; um agrado.

Arturo estava perto de mim, apoiado no balcão. Eu disse:

– Em primeiro lugar, eu não sei dirigir. Segundo, isso é corrupção.

– Não, não, senhor, não me entenda mal: eu não estou te pedindo nada.

– É corrupção. E você me propõe uma coisa dessas na cara de pau, na frente do menino.

Sem dizer mais nada, o funcionário deu meia-volta e desapareceu por trás de uma porta.

Me deparei com o olhar rancoroso de meu filho.

— Você sempre faz a mesma coisa.

— Não precisa pedir dinheiro pra ser corrupto.

Ele me deu as costas e disse, entredentes:

— Também não precisa ser nenhum gênio para tirar uma maldita carteira de motorista.

3

Mónica acorda às oito da manhã.

[Eu deveria dizer: *acordou*. Na verdade estou escrevendo num avião, sobrevoando o Atlântico; escrevo depressa, tentando fazer com que a bateria do meu laptop dure o suficiente para chegar até o final desta comprida digressão. Mónica não deixa eu me concentrar: quer que eu olhe pela janela para ver, lá embaixo, algo que talvez seja a Groenlândia, ou um pedaço qualquer de rocha negra abandonada em meio à neve. Mas já passou: agora Mónica está com o semblante incomodado e envergonhado porque lhe pedi que não me interrompa. Só que não: agora olho de soslaio e ela sorri para mim com aquela expressão de disponibilidade absoluta e com sua beleza arrebatadora de princesa ilegítima da Casa de Bourbon que me faz querer despi-la sem me importar nem com sua enorme barriga de grávida nem com os estreitos assentos do avião que parecem as cadeirinhas de plástico de um jardim de infância. Só que não: agora...

Sempre que alguém escreve no presente – seja para contar do cretinismo aeroportuário, da overdose de carboidratos no menu da British Airways – está criando um relato ficcional, uma suspensão voluntária da incredulidade gramatical. Por isso este livro (se é que isto chegará a ser um livro, se é que minha mãe sobreviverá ou morrerá em alguma dobra sintática que restaure o sentido de minhas divagações) acabará eventualmente deixado

de lado nas livrarias, ocupando a mais empoeirada estante de "romances". Sempre narro no presente em busca de uma velocidade. Desta vez o faço em busca de algum consolo, ao perceber o movimento do avião como um abismo em pausa.]
Mónica acorda às oito da manhã. Logo tomamos banho, fechamos a mala e fazemos o checkout na recepção do Mandala. Ainda são onze da manhã. Nosso avião sai às quatro. Vão nos buscar às duas. Decidimos gastar os poucos euros e as breves horas que nos restam percorrendo rapidamente, de táxi – claro, somos turistas –, nosso trajeto favorito em Berlim: subindo a avenida Unter den Linden, desde o Portão de Brandenburgo até a Alexanderplatz. Queremos sentir de novo o aroma impregnante e destilado das tílias, que confere à cidade uma sensação de verão lento, denso, esbranquiçado... O passeio acaba se mostrando infrutífero. Um taxista tenta nos esclarecer, em seu inglês gutural e impaciente, que o caminho mais rápido para ir aonde queremos é seguindo por ruas adjacentes que se assemelham ao dorso encouraçado de um inseto intergaláctico: grandes muros azuis sem janelas, o asfalto em obras com placas vermelhas e brancas e grades de proteção, a porta traseira da ópera-bufa resguardada por retângulos escuros de cristal... Para completar, o rádio do táxi toca uma música de Bob Marley: "Buffalo Soldier". A idílica nostalgia com que pretendíamos nos despedir de Berlim ficará para sempre maculada pela lembrança da fumaça da maconha dos nossos 17 anos. Chateados, mas dando risada, saímos do táxi e pagamos com moedas e xingamentos (em espanhol; sem dúvida o taxista está retribuindo em sua língua materna). Ficamos ali, sem saber para onde ir, numa calçada qualquer,

constrangidíssimos, confinados à imperfeição da memória, relegados à inarticulada eloquência das camadas sensitivas que conformam cada recordação e que só se vislumbram quando alguém se cala, fecha os olhos e flutua no rio da contrariedade... A maneira mais enriquecedora de sentir o passado (íntimo ou histórico, tanto faz) é abandonar-se na percepção física do tempo: um instante que está sempre no futuro. É por isso que a culpa e a nostalgia são emoções miseráveis.

Uma vez, durante a hospitalização de minha mãe, passei setenta e duas horas seguidas a seu lado. A primeira coisa que fiz ao voltar para casa foi tomar um longo banho. Mónica me deixou fazê-lo sem dizer nada. Depois deitamos e apagamos a luz. Mónica estava séria, acordada, de costas para mim. Havia entre nós uma tensão cuja origem não me era clara naquele momento, mas que agora consigo descrever como um grande amor do qual alguém arrancou a maçaneta. Perguntei estupidamente:

– Não está conseguindo dormir?

Ela virou e disse:

– Quero ter um bebê. Agora.

Eu e Mónica nos conhecemos há quatro anos. Fomos para a cama e lá ficamos horas sem nem termos dito um ao outro nossos nomes, e muito antes de termos travado uma conversa minimamente coerente. O sexo foi, para os dois, uma intuição luminosa. O sexo – o mais perfeito e simples que se pode almejar, algo como beber água mineral sem pagar pela garrafa – nos revelou que havia entre nós um laço visceral mais sólido que qualquer outro compromisso que tivéssemos no mundo. Um vínculo tão profundo que, em meus pesadelos, parece quase um incesto.

Ao cabo de uma semana decidimos morar juntos. Em poucos meses ela se demitiu de seu trabalho numa emissora de TV, desmontou sua casa na capital, pediu o divórcio e se mudou para minha cidade. Eu saí do meu apartamento de solteiro, fiquei sóbrio e consegui um trabalho num escritório. Depois compramos uma casa: um gesto pequeno-burguês que durante anos me causou aversão mas que, visto pelas lentes de minha paixão por Mónica, parecia totalmente natural.

Até antes da noite em que decidimos ser pais, nossa união se baseava em duas reconciliações: ela deixou de se sentir triste com seu corpo e eu renunciei à autodestruição. Não sei dela; no meu caso, era uma questão de sobrevivência. Um ano antes de conhecê-la, eu tinha tentado me suicidar, mais num rompante de raiva que com vontade de verdade. Recebi cem mil pesos por um prêmio que um livro meu ganhou. Comprei várias garrafas de Bourbon e noventa gramas de cocaína e, durante algumas semanas, me tranquei a pedra e lodo. Queria cheirar até apagar. Meu plano se baseava num misto de frivolidade e derrota – me pergunto se essas palavras não são sinônimos – porque, depois dos meus dez minutos de fama, vislumbrei o limite da minha escrita. Não era, claro, uma superfície refletora. Era este parágrafo: experiências incomunicáveis não por serem sublimes, mas cancerígenas.

Não sei por quanto tempo conseguiríamos continuar desse jeito, impermeáveis ao vazio. Imagino que só por mais alguns anos. Mas quando a leucemia começou a corroer o organismo da minha mãe, contaminou também, de maneira superficial e pestilenta, o organismo invisível dentro do qual eu e minha mulher flutuávamos. Se você se dedica a cuidar de uma pessoa doente, corre o risco de viver no interior de um cadáver.

Então Mónica falou aquilo sobre o bebê.

Minha primeira reação foi de pânico. Meu ego estava bastante minado pela expectativa de passar sabe-se lá quanto tempo numa dieta de poucos prazeres a fim de proteger os restos de uma velha puta moribunda. Agora me propunham embarcar novamente pela chuvosa estrada da paternidade. A questão da gravidez: sexo selvagem em stand-by, incômodos noturnos, novas aventuras hospitalares. A fase pós-natal: *o bebê*, essa subespécie tirana e bela, tubarão sagrado da mente que, até tornar-se educado e lúcido, poderia muito bem devorar alguém. Mas, sobretudo, o luto que me acompanha desde os 24 anos: a certeza de ter fracassado como pai duas vezes. A certeza de ser, para alguém que amo e que está vivo, nada mais que uma alma penada.

Muito antes de terminar de repassar mentalmente todos os contras, tomei minha decisão:

– Sim – falei.

Não o fiz para agradá-la. Descobri que a reprodução era a única força de vontade que meu organismo ainda possuía. Queria acertar as contas com a deusa mãe da biologia dando um tiro de revólver nela, ejaculando na cara dela. No fim de tudo, você é apenas um animal que acaba de sair das cavernas, e o pavor da morte só pode ser atenuado com purificações estatísticas. Foi assim que, enquanto minha mãe jazia no quarto 101 do Hospital Universitário de Saltillo, Mónica e eu combinamos substituir sua existência arrancando duas verrugas na drenagem. Duas verrugas pegajosas que resolvemos batizar de Leonardo, nome que nos remetia a besta régia, museu francês e engenharia arrojada.

No terceiro mês de gravidez, recebemos um e-mail vindo da Alemanha. Novamente nos convidavam para uma leitura. Desembarcamos em Berlim numa quinta-feira à tarde, acompanhados de uma majestosa barriga que deixou aeromoças e funcionários da imigração de quatro países desorientados. Estávamos há vinte e quatro horas sem dormir por causa das escalas. Fomos rapidamente a um coquetel de boas-vindas. Lá pelas 17 horas já estávamos dormindo no Hotel Mandala. *Dormir numa mandala*. A luz do amanhecer nos despertou às quatro em ponto: madrugada ainda. Nos debruçamos na varanda. A rua estava vazia. À nossa frente – víamos pela primeira vez –, o teto do Sony Center: uma espécie de labirinto aéreo ou uma pipa gigante embalsamada. Os banners e as letras vermelhas da cinemateca. E, mais embaixo, escondido num canto, o rosto de Albert Einstein feito em peças brancas e cinza nos olhando da vitrine de uma loja da Lego.

[Foi talvez nesse momento, ou um pouco depois, enquanto Mónica colocava um casaco por cima do pijama e descíamos com pressa pelo elevador para ver de perto a girafa e o rosto de Einstein, que imaginei o tema e a estrutura desta seção: a paternidade como estrangeirismo redentor; o legado como um Lego ao qual sempre faltam peças.]

– Vamos? – perguntou Mo.

Colocou um casaco por cima do pijama e descemos o elevador até o térreo. Cruzamos a avenida ainda sem carros e fomos direto ver os olhos de plástico preto de Albert. Por trás do vidro da vitrine, sob a guarda do bigode mais venerável da física, jaziam brinquedos semimontados: carrinhos-bomba cinza junto a gruas amarelas, aviões azuis, zoológicos verdes, personagens de um bizarro Star Wars, Power Miners, Duplos e, num local de destaque na altura do olho esquerdo de Albert, o robô NXT montado em sua clássica forma humanoide. Apenas uma semana antes, Mónica e eu havíamos comprado o primeiro livro do Leonardo: um manual de introdução à robótica em cuja capa havia uma fotografia desse brinquedo.

Do lado de fora, na calçada, aqueles que projetaram a loja haviam construído uma escultura de Lego, fazendo quase uma paródia da estátua equestre de Frederico, o Grande que há na Unter den Linden: uma girafa de mais de cinco metros de altura, montada pacientemente com bloquinhos amarelos e marrons. Trata-se de uma girafa popular porque, logo soube, várias vezes os turistas roubaram o pinto dela, e um grupo de trabalhadores teve de reconstituí-lo.

– Se abaixa aí na frente dela – Mónica disse. – Essa vai ser sua primeira foto na viagem.

– Julián Herbert morre esmagado pela girafa do ego.

Os primeiros dias de verão passam muito rápido. Sobretudo quando você está viajando com um feto de quase dois quilos na barriga.

Agora estamos em pé numa calçada qualquer, mais ou menos perto da Potsdamerplatz, xingando a mãe do taxista que nos conduziu pessimamente e repetindo mentalmente "and he was taken from Africa, brought to America". Nosso voo sairá em breve, já não dá tempo de percorrer a Unter den Linden numa carruagem, como fazia a nobreza. Confusos, sem saber a quem pedir direções, caminhamos para onde eu acho que fica o hotel e para onde Mónica calcula que veremos o Portão de Brandenburgo.

Nenhum dos dois acerta: acabamos chegando à entrada do Tiergarten através de uma pequena esplanada coberta de túmulos cinza. Alguém me falou sobre esse lugar anos atrás. Uma praça com o que parecem tumbas de concreto, para relembrar os milhões de judeus que sofreram com a loucura de Hitler. Eu nem tinha pensado em procurar aquilo no mapa. E estava aqui, a menos de três quadras do meu hotel. Uma mandala de retângulos irregulares. Minha primeira impressão ao adentrarmos o labirinto simbólico é solene. Sinto que o que perambula por aqui não é a morte, mas sim algo moribundo: a espiritualidade (but I don't fucking care). Por cima dessa sensação surge outra, mais precisa. Lembro que alguém – talvez Timo Berger – me contou, em minha primeira visita a Berlim, que o monumento fazia uma provocação: fora construído com um tipo especial de concreto, fabricado por uma empresa alemã cujo capital havia sido congelado, prejudicando justamente os judeus da época do Terceiro Reich. Uma terceira camada de percepção, mais ligeira e aguda: caminho de mãos dadas com minha mulher grávida por um labirinto que remete a um cemitério. Nós três – *sempre três* – somos agora uma metáfora do Mistério, um conjunto de peças de Lego ao redor de um ventre, esférico sarcófago que expulsa em direção à vida enquanto a altura dos blocos de concreto sobe como a maré e já dá na altura de meu ombro, agora passa da minha cabeça, é como um oceano de blocos habitacionais aperfeiçoado pela puta Morte que ultimamente tem me cercado a toda hora, um Lego existencial cujo significado histórico é sobrepujado pelo horror despido da forma. Berlim não é um muro, Berlim é um cemitério de interesse social do qual drenaram sua melhor arte sacra: os cadáveres.

Mas por baixo de tudo, sob a última alucinação urbana, quando a altura dos blocos começa a aliviar e pouco a pouco enxergamos, do outro lado da arrebentação cinza, o verdume do Tiergarten, me vem à mente uma revelação: este foi o primeiro sonho que tive da Europa. A primeira vez, antes de pisar no aeroporto de Tegel: caminhar sem paisagem no meio de um cemitério de Führers, cada um sepultado em seu bunker predileto.

– Quer que eu tire uma foto? – Mónica pergunta.

Não respondo.

E assim tiramos uma última foto de turistas, entre os retângulos de pedra escura. Além da paisagem. Além do presente.

Alguns metros antes de adentrarmos o Parque dos Animais.

FEBRE (1)

Quando criança fui aviador mas agora sou enfermeiro.

Charly García

O Hospital Universtiário de Saltillo (antigo Hospital Civil) foi inaugurado em 1951. Seu projeto data de 1943. O projeto é de Mario Pani, arquiteto e urbanista mexicano famoso por sua inclinação às ideias de Le Corbusier e por ter projetado também o multifamiliar Juárez e mais um prédio de apartamentos em Nonoalco Tlatelolco: ambas obras emblemáticas da destruição causada pelo terremoto de 1985.

A história do HU é (como dizem os velhinhos da minha cidade, agitando o dedo indicador artrítico na sua cara) "inextrincavelmente ligada à história do México". Não por sua grandeza arquitetônica, muito menos por sua importância no campo da medicina, mas porque sua origem impensada é um bom exemplo do enorme talento que os mexicanos têm para o ridículo.

Tudo começou com os nazistas.

Sabe-se que os nazistas conspiraram durante anos de norte a sul em nossa Suave Pátria. Seduzindo, criando intrigas, desejando fincar bases militares, estratégicas para eles por conta de sermos vizinhos dos Estados Unidos. Sabe-se também que os nazistas precisavam de nosso petróleo ("nosso", que palavra mais maneirista agora que tudo está indo pelo cano, agora que o verdadeiro ouro não vem do subsolo mas da selva colombiana e os dentes de Kalashnikov cacarejam a tarde toda contra a parede enquanto Felipe Calderón baba na gravata). Mas a coisa não para aí: sabe-se também que Hilde Kruger (ex-atriz e ex-amante de Goebbels e agente da Abwehr) abriu as pernas primeiro para Ramón Beteta e depois para o futuro presidente Miguel Alemán, ambos funcionários do governo de Manuel Ávila Camacho. Diz-se que Hilde fez isso apenas com o fim de promover e introduzir em nossa ideologia a causa hitleriana. Não duvido. Tampouco me parece ter sido o triunfo extraordinário de um único par de pernas abertas: doutrinar com ideias fascistas os políticos mexicanos que estão no poder é como pregar para o coro. Por outro lado, não é demais mencionar a fortuna que o nacional-socialismo gerou entre os empresários deste país. Em Saltillo, para se ter uma ideia, um dos novos bairros populares se chama Guayulera. O nome se deve a uma antiga fábrica de borracha cujos proprietários enriqueceram fornecendo pneus para o exército alemão.

No começo da Segunda Guerra Mundial, o regime de Ávila Camacho se manteve – mais por preguiça e por uma atitude passiva que por ideologia – neutro, ainda que com evidente simpatia para com os Aliados. Depois, ao longo do verão de 42 (enquanto minha avó Juana descobria, horrorizada, que estava grávida de minha mãe), submarinos germânicos afundaram nas águas do Golfo seis navios petroleiros mexicanos que abasteciam outras tantas embarcações da U. S. Army. Em retumbante represália, o governo do México declarou guerra às potências do Eixo. A secretaria responsável por essa área tirou da manga sua arma de maior calibre: o Esquadrão 201, também conhecido como as Águilas Aztecas.

A aventura do Esquadrão 201 parece um romance de Jorge Ibargüengoitia.

Após a declaração de guerra, o governo mexicano demorou três anos (1942-1945) para preparar um exército impactante: 299 homens. Dos quais não mais que 36 poderiam ser considerados, estritamente, armas bélicas: pilotos de guerra. A demora se deveu a dois fatos simples: os soldados mexicanos careciam de treinamento e nossa burocracia é lenta desde criança. Antes de enviar seu esquadrão, Ávila Camacho teve de assinar pilhas de decretos que incluíam a criação de uma Força Aérea, várias mudanças de nomes de oficiais, solicitações de autorização do senado et cetera. Finalmente, o grupo pôde entrar em ação no dia 7 de junho de 1945. E parece que não fez feio. Pena que sua missão acabaria no dia 26 de agosto daquele mesmo ano, pouco antes da rendição japonesa. Nós mexicanos deveríamos tomar esse cronograma histórico como uma inequívoca tabela de cálculo do rendimento nacional: para cada três anos de burocracia equivalem dois meses e meio de política concreta.

O Esquadrão 201 recebeu seu treinamento nos Estados Unidos. Os aviadores mexicanos não foram treinados por outros combatentes, mas pelas WASP: Mulheres Piloto a Serviço da Força Aérea; um grupo de reconhecimento, trabalhador e cheio de ideologia, muito profissional porém sem experiência no combate, e que, claro, era malvisto por machões tipo Greg "Pappy" Boyington, que controlavam o exército norte-americano (de fato, as WASP desapareceram em 44, e foi apenas em 1970 que conquistaram o status de veteranas da Segunda Guerra Mundial). Isso diz bastante do que os aviadores do país vizinho pensavam acerca de nossos pilotos. Não posso dizer com certeza que estavam equivocados; em todo caso, não era melhor terem mandado logo as WASP para o combate...?

Dos 36 pilotos mexicanos originais, dois morreram nas primeiras manobras de treinamento e mais seis foram vetados após um exame médico (Marcelo Yarza afirma, sem dar fontes nem provas, que não teriam passado no antidoping). Depois de alguns acréscimos, o 201 encontrou sua formação definitiva com trinta sujeitos que partiram para a frente de guerra nas Filipinas... Sem aviões. Os P-47 Thunderbolt, propriedade do México que as Águilas Aztecas deveriam pilotar, não chegariam nunca ao local de combate. Nossos compatriotas tiveram que – de novo – pedir emprestado. E adivinhem para quem. O exército norte-americano facilitou-lhes dezoito caças e inclusive tolerou que a bandeira mexicana tremulasse junto às insígnias do Tio Sam. Mas doze dos pilotos que eram parte do 201 permaneceram em terra. O que os transformava em aviadores por partida dupla.

O numerozinho íntegro custou a nosso país sete mortos e três milhões de dólares. Desses últimos, pelo menos a metade teria sido administrada de modo mais prudente se alguém a tivesse atirado de um avião como objetos voadores sobre a serra de Oaxaca.

Mas estou me desviando: o que o Esquadrão 201 tem a ver com minha mãe, leucemia, bombas de infusão, ou com a inauguração – em 1951, projeto de Mario Pani – do Hospital Civil, hoje Hospital Universitário de Saltillo...?

Logo depois que o presidente da República informara aos cidadãos que estavam em guerra contra Alemanha, Itália e Japão, um grupo de empresários saltillenses se reuniu para falar a respeito (suponho, pelo resultado, que a conversa ocorreu num bar).

Pouquíssimo interessados no que se passava dentro de sua comunidade mas preocupados com o destino do mundo, os investidores decidiram que era seu dever cívico apoiar o mandatário daquela aventura épica. Juntaram entre si um milhão de pesos e o enviaram a Manuel Ávila Camacho com uma nota esclarecendo que tal cifra deveria ser abonada dos gastos militares. Ávila Camacho – que seguramente estava atarefadíssimo e de mau humor, com a mão dormente de tanto assinar decretos para o ar – os desprezou: devolveu o presente, sugerindo-lhes que seria melhor aplicarem esse recurso numa obra que beneficiasse a cidade em que viviam. A história não registra, infelizmente, o barraco que os bélicos empresários saltillenses armaram. O que sim consta é o destino que teve aquele milhão de pesos: serviu para dar início às obras do atual HU.

Uma de cal.

Não sei se Mario Pani sabia dos delírios aeronáuticos que originaram seu projeto. O fato é que, visto de cima, o edifício que projetou para minha cidade tem a forma de um avião que padece de doenças degenerativas: o bico achatado, as asas curtas e finas, uma fuselagem esbelta e uma cauda um tanto arredondada. Inclusive, da perspectiva de um transeunte, o saguão principal se assemelha ao disco voador de um marciano leninista. E mais: a disposição das áreas internas bem poderia ser comparada à de *Battlestar Galactica*.

Sua frente dá para o norte. A leste e a oeste do saguão (quer dizer, do disco voador) estendem-se as duas galerias de dois andares: alas. A que fica a poente abriga a seção de oncologia e radioterapia. A do lado oriental é ocupada pelo Pronto-Socorro. Os pisos superiores contêm escritórios. O corpo principal do edifício, conformado por três andares e um subsolo, fica localizado na parte sul (visto de cima, diríamos que na cauda do avião). Para chegar lá estando no disco voador é necessário subir uns dez degraus e atravessar um corredor comprido e estreito, muito parecido aos que conectam, nos filmes de ficção científica, a sala de comando ao convés principal. Tal corredor – cujas paredes estão cobertas por um minimuseu que ilustra o desenvolvimento tecnológico da medicina através de uma bela coleção de instrumentos cirúrgicos – desemboca num segundo hall com elevadores e uma salinha de espera equipada com uma televisão e umas cadeiras azuis horrorosas. Os três pisos da parte sul contêm quase todo o espectro hospitalar: desde a maternidade até a unidade de terapia intensiva. Inclusive o necrotério, localizado, obviamente, no subsolo. Em cada um dos dois lados do edifício foi construído um pátio adjacente. O que fica a leste foi quase inteiramente devorado por um estacionamento. O que fica a oeste ainda conserva seu projeto antiquado, com jardineiras cobertas por mosaicos cor de melão e grená, e está tão abandonado que acaba sendo excelente para sentar para fumar e ler em noites não muito frias.

A Clínica Masculina fica no primeiro andar do convés oeste do que chamei de "a cauda": a parte sul do edifício.

Ali, num canto da astronave, mamãe luta hoje o segundo round de sua guerra particular contra a leucemia.

Triunfando, mas com danos altíssimos.

Em dezembro lhe deram alta. Celebramos com um grande festival de tacos no dia de seu aniversário. Depois, no fim de fevereiro, ela ficou muito emocionada ao saber que Mónica estava grávida. Quase obrigou Diana a nos dar algumas mantas e o berço que pertenceram a minhas sobrinhas.

A seguir, em meados de junho, enquanto Mónica e eu estávamos em Berlim, mamãe voltou ao hospital: como previsto, a leucemia a havia derrubado de novo. Após um pedido expresso, os médicos concordaram em colocá-la em seu antigo quarto. A história se repetiu: vigílias junto a sua cama e semanas de veneno. Após a última químio dessa segunda rodada, o organismo da senhora "Charles" entrou outra vez em recuperação. Seus índices sanguíneos levaram o doutor Valencia a insinuar que ela poderia receber alta em poucos dias. Esse otimismo durou apenas algumas horas: de noite ela teve uma febre de quarenta graus. Tivemos de entupi-la de paracetamol e colocar bolsas de gelo debaixo das pernas e da nuca. Na manhã seguinte recorremos à hematologista. Após exames exaustivos, levou-me para fora do quarto para explicar:

— Já não depende da gente. Lupita pegou uma infecção hospitalar. Não sabemos o que é nem onde está localizado. Continuaremos tratando-a com antibióticos de amplo espectro.

Segunda base: infecção.

A febre deve ser uma das metonímias que mais usamos. Nela convivem tanto a crise de abstinência de drogas pesadas como a trama sutil de uma alucinação viral. A ruína de Hitler, a megalomania burocrática dos presidentes do México, o narcisismo cívico de um empresário de uma cidade pequena, as visões de um arquiteto que projeta hospitais em forma de nave mãe. A pureza mística. Thomas Mann espiando adolescentes no lobby de um hotel em Zurique e Alexis Texas modelando malhas de cores fluorescentes para a Bang Bros e Vicent Vega dançando com Mia Wallace conectado internamente à seringa. A agonia ou a crueldade de idosos afundados em cobertores pretos. Todo o frio, todo o calor, a água venenosa exalam numa cama. Quase tudo sempre numa cama. Numa cama ou sendo derrubado. Não há um só caminho que não passe por uma estação da febre. Quando pequeno eu gostava de ficar quente de febre. Era um mal-estar que deixava minha mãe especialmente carinhosa comigo. Um de meus primeiros textos favoritos é um pequeno conto de Stevenson sobre um homem doente que traça logísticas militares sobre as cordilheiras que suas pernas embaixo do lençol formam. Minha mãe lia isso para mim, ou *O pequeno príncipe*, ou "O pequeno escrevente florentino" enquanto eu ardia em febre. Tocava minha testa com seus lábios, me dava sopa de frango, me levava ao banheiro no colo. Eu pago por isso agora, verificando a validade dos remédios, fazendo-a dormir com músicas portoriquenhas e cubanas: yo no he visto a Linda, parece mentira. Porque sou seu filho. Não sou um cachorro com raiva.

Às oito da manhã entra uma freira e coloca um grama de paracetamol na bomba de infusão. Às oito e dez volta, desconecta tudo e explica que colocou o medicamento errado: este é genérico, e o que nós compramos é o da marca Tempra. Substitui a mistura, conecta de novo a bomba e se vai. A bomba começa a apitar quase em seguida. Alguém vem e tenta consertar, mas o aparelho continua falhando a cada dez minutos, por mais de uma hora, até que a chefe de enfermagem do turno chega e troca a tecnologia por uma boa mexicanada: calibra a dose à mão, no olho. Não confio nesse sistema, de modo que passo outra hora olhando o medicamento cair dentro do aparelho: uma gota a cada trinta segundos. Utilizo o celular da minha mãe para cronometrar e no fim parece que a enfermeira calculou a posição do dispensador com uma precisão arrepiante. Perto do meio-dia aparece uma robusta camareira, na idade madura, para parar o Tempra. Me explica que a melhor forma de baixar a febre é com um banho. De uma vez só, diz, apontando com a cabeça o magro corpo de minha mãe. Explico que prefiro esperar minha irmã chegar para realizar essas tarefas. Mas a camareira, que é mais alta que eu e deve pesar uns dez quilos a mais, bate com firmeza no meu ombro e diz: bora, bora, bora: nessas horas você tem que esquecer que é homem e ser um filho amoroso para ela; não me decepciona. Carrego aquele corpo desmazelado, tiro sua roupa e, fazendo malabarismos, coloco-o no banho. Os mamilos de minha mãe emitem aquele fedor característico de plástico que os organismos macerados no vinagre rançoso da química costumam exalar, e que em minha cabeça batizei de "cheiro de excipiente cbp". Ela fecha levemente os olhos e sussurra: "Sessenta centímetros, sessenta centímetros." Quando estou prestes a acionar a duchinha, os médicos de plantão chegam para a visita do dia. Praticamente tiram-na dos meus braços e cobrem-na de novo com a camisola. Pedem que eu saia para poderem auscultá-la sem faltar-lhe com o respeito. Fora do quarto, uma das residentes da clínica geral que às vezes flerta comigo me oferece um café e sugere que eu não volte a tentar a coisa do banho: quando um paciente não consegue fazer isso sozinho, esse trabalho é do pessoal do hospital. Do outro lado do corredor, a robusta camareira permanece de pé junto à porta dos banheiros das enfermeiras. Cada vez que a residente da clínica geral se vira para outro lado, a camareira me olha com a testa franzida e movimenta a palma de sua mão esquerda para trás e para frente, na altura de seu peito. Seus lábios proferem em silêncio uma ameaça clássica e ambígua: "Você vai ver, hein?, vai ver só..." Chamam-me de volta ao quarto. Pedem que eu obrigue minha mãe a tomar sua ração matutina de Ensure. Mamãe cospe a maior parte do complemento em sua camisola e nas mangas da minha camisa. Os médicos chamam uma enfermeira e pedem que dê um banho e coloque uma roupa limpa nela, enquanto eles trocam impressões num idioma técnico cujo objetivo é ser incompreensível ao leigo, mas que para mim, a essa altura, é apenas pedante. A residente da clínica geral entra no quarto, senta do meu lado no sofá, põe a mão na minha coxa e me olha fixamente até me deixar incomodado. De repente, sem nem mediar a transição, um médico que eu nunca tinha visto se vira e diz:

– Vamos indo bem, hein?... Não se preocupe. Não houve nenhuma alteração, o que nessas circunstâncias também pode ser considerado uma boa notícia.

Saem.

Pouco tempo depois o médico mais jovem volta. O doutor O. Diz:

– Fiquei com uma dúvida...

Ausculta ela novamente, concentrando-se no lado esquerdo de suas costas.

– Há um líquido no pulmão. Estou pensando em extraí-lo com uma incisão cirúrgica para depois entubá-la por debaixo da clavícula. O que você acha?

A maioria dos médicos me ignora como ser pensante: limitam-se a me dar instruções. O doutor O., ao contrário, fala comigo como se eu fosse um de seus colegas. Entendo o que ele faz: é uma deferência à minha humanidade, essa essência que durante os últimos meses está sequestrada por um trapo velho. Entendo mas não tolero. Dialogar comigo do ponto de vista do livre-arbítrio é um golpe lamentável à etiqueta.

— O senhor que sabe. — Encolho os ombros.
Ele me chama de você. Eu o chamo de senhor, embora seja dez anos mais novo que eu.
Outro médico entra sem se apresentar. Não sei seu nome: vem pouco. É muito alto e, embora também pareça jovem, está quase completamente careca.
— Você insiste? — diz, irritado.
Temos que aspirá-la O. responde.
— Não é uma decisão sua. Valencia já deu as instruções.
Em seguida, voltando-se para mim:
— Trouxeram a receita?
Não. Não me trouxeram a receita.
Por várias horas, médicos vão e vêm às voltas com o tema da extração do líquido alojado no pulmão. Um entra e pergunta: "O maqueiro não veio buscá-la...?" E sai sem esperar resposta. Cinco minutos depois, o careca reaparece: "Não deixe que levem ela até termos a autorização da hematologista." Sinto-me preso num filme dos irmãos Marx. Finalmente a hematologista liga no celular da minha mãe e me dá uma ordem direta: que ninguém tome nenhuma decisão até que se faça novamente um diagnóstico geral.
Poucos minutos depois, o careca volta a nosso quarto com um burocrático semblante de triunfo.
— A hematologista já falou com você?
Faço que sim com a cabeça.
— Então ficamos assim, certo?
Faço que sim de novo.
— Já trouxeram a receita?
Não. Não me trouxeram a receita.

– Não tenha pressa. Já, já vão trazer.

O trâmite de medicamentos no HU transcorre da seguinte maneira:

1. Os médicos solicitam o medicamento na central de enfermagem.
2. Esse departamento passa a receita ao familiar do paciente.
3. O familiar do paciente se dirige à área de assistência social, onde alguém dará um visto nos papéis.
4. O familiar do paciente retornará à central de enfermagem e solicitará a qualquer uma das enfermeiras (mas a maioria ignorará esse pedido) sua assinatura e o número de sua identidade.
5. Com esses dados mais a receita, o familiar do paciente irá até a farmácia e entregará sua solicitação ao despachante.
6. O despachante calculará o orçamento.
7. O orçamento será levado pelo familiar do paciente de volta à sala da assistência social, novamente, para que seja carimbada a autorização.
8. De volta à farmácia com o papel carimbado, o familiar do paciente receberá os medicamentos.
9. Os quais, por sua vez, têm de ser entregues pelo familiar do paciente na central de enfermagem.
10. Para que a entrega seja oficial, quem recebe os medicamentos das mãos do familiar do paciente deverá ser, sem exceções, a mesma pessoa que assinou o pedido e deu o número de sua identidade.

O trâmite demora entre uma e duas horas, dependendo do tamanho da fila em cada departamento. Duvido que o HU tenha imposto essas regras por maldade administrativa ou crueldade burocrática. Na verdade, acho que o fazem por solidariedade pragmática: o tempo no hospital passa de maneira terrivelmente lenta. Tramitar remédios kafkianamente é uma versão de terapia ocupacional que nos oferecem. (De repente lembro daqueles livrinhos antissuperação pessoal para adolescentes que Emil Cioran escreveu. Por exemplo, um em que a insônia lhe revelava o sentido mais profundo do inconveniente de existir, pois o impulsionava a uma "maldade sem limites": caminhar até a praia e apedrejar umas pobres gaivotas. Caramba, que tiozinho mais punk. Para mim – que também sofro de insônia crônica –, a insônia é puro drama: nada mais que um estado frouxo da mente. Quando muito, te deixará um pouquinho cínico. Não: o verdadeiro inconveniente de ter nascido não está em nenhuma unidade de sentido que possa ser narrada. É mais esse eterno cold turkey estrutural, essa crise de significado. A ânsia de simbolizar tudo, a angústia de transformar em prosa relatos insignificantes. Por exemplo a burocracia, cuja inquisitória insignificância é o mais próximo a um *Maleus Maleficorum* que a medieval América Latina do século XXI conseguiu desenvolver.)

Terapia ocupacional.

O difícil é a primeira semana. Os dias parecem troianos estripados. Como se você tentasse ler (ou escrever) pela primeira vez um romance e se deparasse apenas com imagens turvas, fraseados impossíveis de serem reduzidos a uma função específica dentro da história, cenas desconexas, uma entonação febril. Depois, paulatinamente, o tédio te derrota. Como se você estivesse há horas vendo uma gota de Tempra cair num tubinho. E começa a observar com demora. A geometria de seu confinamento. Sua história, que sedimenta silenciosamente, a partir das mais diversas fontes. A articulação: uma epifania fisiológica que te permite perceber os lugares exatos de onde sua voz vem. O caráter fantasmático de seus personagens quando você consegue isolá-los... Habitar algo (ou alguém) é adquirir um hábito. E nisso nós viciados em drogas pesadas levamos certa vantagem. Eu habito (eu assombro) um hospital. Cada novo dia de confinamento me deteriora organicamente e ao mesmo tempo me proporciona um novo detalhe que desenha mais precisamente as plantas de minha casa.

a) Os banheiros para visitantes ficam do lado de fora, num lado do disco voador, em frente à porta do Pronto-Socorro. Para usá-los, é preciso pagar dois pesos. Teoricamente são limpos a cada quatro horas, mas fedem permanentemente a merda misturada com cloro. Segundo um acordo silencioso, você sempre encontra quadrinhos pornográficos semiescondidos embaixo dos cestos de lixo do banheiro masculino. É permitido folheá-los, mas ao terminar você deve deixá-los no lugar em que estavam para benefício do próximo usuário. Nem a moça da limpeza se atreve a retirá-los. A cada terça, invariavelmente, aparecem novos títulos.

b) Todas as sextas, por volta das oito, uma família de padeiros – o marido, a esposa gorda e loira oxigenada, a filha adolescente – oferece café e biscoitinhos aos que cochilam nas salas de espera. Me disseram que vêm há dez anos, sem faltar uma vez sequer.

c) De noite, um menino de 8 anos aparece no vão da escada. É fácil reconhecê-lo: tem um buraco na cabeça. Nunca o vi. "Claro", reprova entredentes uma freira enfermeira, "é isso o que os incrédulos costumam dizer". Dizem que foi vítima (o menino, claro, não a freira) do famoso acidente de trem de Puente Moreno, ocorrido em 4 de outubro de 1972. Que conseguiu chegar vivo no hospital mas o que o matou foi a pressa de seu carregador, ao virar a maca a caminho da sala de cirurgia. Por isso se tornou alma penada: não consegue se conformar de ter morrido de maneira tão estúpida.

d) O mascote noturno do HU é um cachorro vira-lata que os vigilantes chamam de Chinto. Costuma jantar nas lixeiras que ficam em frente ao edifício. Uma senhora cujo marido está na UTI há mais de um mês deu-lhe uma camiseta com a foto do governador Humberto Moreira e os logos do PRI. Às vezes Chinto se esgueira para dentro do hospital pela porta que dá para o pátio oeste e se aboleta num pequeno corredor que vai da oncologia ao disco voador. Se algum médico o vê, os guardas o expulsam a chutes. Mas se não, deixam-no estar e até lhe dão sobras de sua comida.

e) De madrugada, o HU se transforma na *Event Horizon*: uma nave fantasma que cruzou o inferno. A porta principal fica fechada desde as dez. Os vigilantes se mantêm de pé junto ao cânion por mais algumas horas. Mas logo o ânimo começa a minguar. Tanto empregados como alguns familiares de pacientes se reúnem no Pronto-Socorro (única área permanentemente ativa) para fofocar ou ver tevê ou dormir um pouquinho caso haja macas vazias. O saguão, no entanto, fica abandonado. Os médicos de plantão se retiram para o seu canto, bebem álcool secretamente, jogam cartas. Os enfermeiros e enfermeiras dormem, sintonizam um reggaeton no rádio, se automedicam escondidos ou se beijam e praticam sexo oral uns nos outros por puro tédio. Apenas por esporte.

Madrugada. Mamãe dorme tranquila. Eu quis sair para fumar. Lá fora caía um desses aguaceiros que levam as beatas a dizer que Deus pratica em Saltillo a logística que levará a cabo no próximo Dilúvio. Desci até o térreo e me escondi num ângulo do corredor a desnível que conecta a chefia de enfermagem ao subsolo: um plano inclinado de cimento através do qual são transportados cadáveres, de qualquer andar até o auditório. É a zona menos transitada do edifício, especialmente à noite. Estava quase às escuras. Apenas da chefia de enfermagem saía uma nesga de luz acompanhada por um murmúrio: vozes recitando números e o barulho mecânico de alguém teclando numa calculadora de mesa. Um pouco mais adiante, o brilho do vão da escada junto aos elevadores.

Um rumor suave vinha do fundo do corredor. Algo como um esporádico bater de portas em segredo. Batidas metálicas mas ao mesmo tempo doces, que me fizeram imaginar a tensão de uma grande mola no fundo de uma piscina. Enquanto caminhava de um lado para o outro pela última seção do plano inclinado, me perguntei se, para além das charadas que abrandavam o juízo do pessoal do hospital, haveria algum modo de se comunicar com os mortos que jaziam a alguns metros de mim, por trás das duas folhas de alumínio que resguardavam o recôndito mais profundo do hospital: o expurgo e a sala de autópsia. Com essa ideia mórbida em mente, me encaminhei ao fundo da rampa. Deixei para trás tanto o patamar (à direita) quanto a chefia de enfermagem (à esquerda) e cheguei à porta de metal fosco, caminhando quase na ponta dos pés nos últimos passos, como se quisesse surpreender num cadáver uma respiração mínima: suspiros de um bebê. Os rangidos e os ruídos de superfícies batendo – supus que estariam entrando com um novo corpo – foram ficando mais definidos conforme eu me aproximava. Havia nesse ruído uma harmonia familiar; quase um prospecto de linguagem. Pensei: talvez seja desse jeito que as pessoas se comunicam com os mortos. O maqueiro e o vigilante e o patologista desenvolvem movimentos precisos, mecanismos anatômicos perfeitos para desmontar uma maca ou desdobrar o lençol ou transportar um torso inanimado do colchão para a mesa metálica. Uma rotina rítmica e eficiente, cuja enganosa obscenidade esconde o ritual funerário mais solene.

Cheguei até o umbral. Antes de espiar, me virei e olhei para a luz que saía da chefia de enfermagem, atrás de mim, para confirmar que não havia ninguém me espionando. Não havia. Encurvei-me um pouco e encostei a orelha no alumínio. Estava gelado. Demorei alguns segundos para entender a mensagem. Depois, pouco a pouco, sob as batidas, comecei a distinguir gemidos humanos. A voz, esse demônio que nos possui – diz Slavoj Zizek – *entre o corpo*... Alguém do outro lado da porta estava fornicando rodeado de cadáveres mas com invejável exatidão, num ritmo perfeito, empurrando alguma parte de seu corpo contra as bordas móveis de uma superfície de metal; uma estante ou talvez uma maca.

Duvidei: seria um necrófilo trepando com os restos mortais de uma mulher magrinha...? Escutei um pouco mais e decidi que não: havia dois tons distintos nos gemidos sussurrados. Um grave e outro agudo.

Notei com repugnância que minha sensação de perplexidade estava se transformando em excitação. Duas noites antes, em casa, num de meus descansos, havia pescado na tevê a cabo um filme de Kate Winslet em que ela se apaixona por um de seus vizinhos, um homem casado. Por alguma razão, ambos chegam à casa dela molhados de chuva. Kate pede a camisa dele e desce ao subsolo para secá-la. Ele fica sozinho por alguns minutos. Espia pela casa. Descobre que a mulher o deseja porque encontra uma fotografia em que ele aparece de short e sem camisa ao lado de uma piscina. A imagem está dentro de um exemplar dos sonetos de Shakespeare, marcando um poema que contém um verso sublinhado em vermelho: "My love is a fever." O homem desce ao subsolo. Aproxima-se de Kate a passos contados. Alcança-a. Apalpa seus ombros. Abraça-a por trás. Ela se vira e o beija. Ele a empurra suavemente para o fundo do cômodo. Toma-a em seus braços. Coloca-a sobre uma máquina de lavar. Olha em seus olhos. Ela se despe, puxando a parte de baixo do vestido e tirando-o pela cabeça. Envolve o homem com suas pernas abertas enquanto as costas dele cobrem quase todo o enquadramento da cena, exceto por um resquício que nos permite entrever a belíssima e acentuada curva do vazio entre as costelas e a borda levemente insinuada do quadril dela. Transam sem voz humana: ouve-se apenas o ruído semilento do metal da lavadora roçando na parede.

Essa foi a imagem que me atingiu a mente durante os segundos em que estive espiando os amantes com uma orelha colada na porta de alumínio do necrotério do Hospital Universitário de Saltillo. Depois saí dali, envergonhado, e caminhei em direção ao vão da escada e do elevador. Suava nas mãos. Não sabia para onde ir. Dava-me nojo a ideia de passar a noite nesse estado, velando o sono de minha mãe doente.

Sentei no primeiro degrau da escada e acendi um segundo Malboro. Decidi: tenho que vê-la. Se era bonita ou feia ou gorda ou magra ou velha era o de menos. Tinha que ficar ali até vê-los sair e apagar de minha mente a imagem de Kate Winslet tendo um orgasmo no necrotério.

Passaram cinco ou talvez dez minutos. A porta de alumínio se abriu. Do outro lado emergiram duas sombras. O homem era alto. Estava vestido com o que na penumbra parecia um jaleco. A mulher era magra, atlética e com bons peitos e, como a luz de fora iluminava o tecido azul de sua calça, soube que era uma das estudantes residentes. O homem me viu e caminhou em minha direção. Ela se manteve na zona mais escura do corredor. Consegui ver o rosto dele sob a luz que vinha da escada. Era um médico bonito e na idade madura. Certamente o especialista responsável pela área na qual fazia residência a jovem saudável com quem ele acabava de se exercitar.

– O que o senhor está fazendo aqui?

A pergunta me surpreendeu.

– Desci para fumar – respondi sinceramente.

O homem me olhou por um segundo. Depois voltou para perto da menina, sussurrou algo para ela e ambos se encaminharam para o outro extremo do corredor. Pude ver apenas de maneira fugaz a cabeça dela ligeiramente iluminada pela luz que vinha da chefia de enfermagem. Não conseguiria descrever seu rosto.

Estava a ponto de ir embora quando escutei que alguém descia os degraus da escada atrás. Os passos, pesados e desiguais, chegaram até mim. Em seguida uma mão pousou sobre meu ombro. Me levantei e dei meia-volta. Em cima e ao fundo, pela janela do patamar, entravam fugazmente os flashes da tempestade.

— Posso pegar um? – disse o recém-chegado, apontando em minha camisa o maço de Malboro.

Analisei-o brevemente, talvez imitando o olhar inquiridor que o médico havia me dirigido antes. Vestia uma calça impecável da Atletica, tênis New Balance pretos com laranja e uma camiseta preta com letras plásticas da Girbaud. Era ligeiramente barrigudo. Tinha o cabelo enrolado e comprido até os ombros, embora ralo: estava ficando careca.

— Não se pode fumar aqui.

Sorriu.

— Também não é permitido espiar a vida sexual dos defuntos, não é?

Assustei-me. Achei que havia topado com um dos fantasmas que aterrorizam a freira enfermeira. O sujeito aproveitou minha confusão para, num movimento preciso com o polegar e o dedo indicador de sua mão direita, extrair os Malboro do bolso de minha camisa. Tirou de sua calça um Zipo prateado e acendeu um cigarro. Tragou profundamente e soltou a fumaça.

— Malditos médicos, cara. São todos iguais. Mas o pior são as portas e as paredes daqui. Finas demais. – Voltou a fumar. –

No dia em que eu cheguei, me colocaram no quarto 34. E no do lado hospedaram um casal estrangeiro. Você não faz ideia: muito descuidados e barulhentos. Todas as manhãs faziam suas coisas com uns sons que não harmonizavam de modo algum com a claridade do dia: pareciam que a estavam sujando, de um jeito pegajoso. Era uma luta acompanhada de risadas abafadas e respirações ofegantes, algo escabroso que eu não conseguia deixar passar despercebido, embora eu me esforçasse, num espírito de caridade, para tentar encontrar uma explicação inocente para aquilo. Primeiro parecia como se estivessem perseguindo um ao outro de brincadeira entre os móveis, mas logo se notava que a brincadeira se desfazia para então cair nos domínios do demônio dos instintos animais. E eu pensava: "Devem estar doentes, ao menos um deles, porque estão aqui. Seria prudente um pouco mais de moderação." Você não acha?

Sua ladainha, pomposa e antiquada, pareceu-me familiar: déjà vu. Tentei saber por quê, e rapidamente descobri. O que o sujeito desconhecido acabava de contar não era nada mais que, com mais ou menos palavras, uma das cenas iniciais de *A montanha mágica*: o momento em que Hans Castorp tem seu primeiro e infeliz encontro com o casal russo.

Olhei-o bem nos olhos.

Ele sustentou meu olhar. Deu uma piscadela e acrescentou:

– Exatamente.

Depois se afastou em direção ao necrotério, caminhando de modo cômico e familiar: balançando-se como um patinho até sair do edifício pela porta que vai do auditório para o estacionamento. O vulto de seu corpo desapareceu em meio à chuva. Nesse momento confirmei que havia tido um breve diálogo no subsolo do Hospital Universitário de Saltillo com Bobo Lafragua, o protagonista de um romance fracassado que eu havia tentado escrever anos atrás.

Perguntei-me em que momento as alucinações haviam começado. Se era verdade que havia médicos trepando entre cadáveres ou revistas pornô semiescondidas nos cestos de lixo dos banheiros. E também, em todo caso, me perguntei se o México havia realmente declarado guerra às potências do Eixo em algum momento. Ou se, pelo contrário, tudo isso era apenas febre: um mecanismo vazio de adaptação à dor. Ponderei: "É provável que minha mãe tenha me contaminado com sua infecção hospitalar e eu também esteja ardendo em febre." Era isso, ou o estresse estava causando em mim um episódio psicótico. Optei pelo primeiro: um episódio psicótico era um luxo a que eu não podia me dar.

Subi as escadas até a divisão de Clínica Masculina. Entrei no quarto 101. Tudo estava em silêncio, tirando a chuva torrencial do outro lado da janela e o ronronar da nova bomba de infusão. Mamãe dormia relativamente tranquila. Olhei o relógio: 5 h. Sentei no sofá e tentei me convencer de que nunca havia saído dali: acabava de acordar. Fui ao banheiro, bati a cabeça contra a parede algumas vezes, olhei embaixo das pálpebras, toquei minhas bochechas. "É só a febre", repeti uma vez, duas vezes. Convencido de que minha mãe havia me contaminado com sua infecção, pouco a pouco fui me acalmando. Mas, por via das dúvidas, decidi não contar minhas visões a ninguém.

FANTASMAS EM HAVANA

1

Minha mãe não é minha mãe. Minha mãe era a música.

2

Lembro que me levantavam no ar e depois me pousavam em pé numa cadeira e Marisela Acosta colocava um pente em minha mão. Eu o segurava em frente à boca como se fosse um microfone e cantava: "Vuela, vuela, palomita, vuela, vuela entre las balas." Era o corrido[2] de Genaro Vázquez, professor e guerrilheiro morto (agora sabemos que foi assassinado) no dia 2 de fevereiro de 1972. Eu devia ser muito pequeno quando cantava essa música. A tragédia ainda era fresca. Os clientes aplaudiam. Mas essa, com certeza, não é minha lembrança mais antiga.

---

[2] Gênero poético e musical popular mexicano, no qual se narram eventos reais ou imaginários. (N. do E.)

3

Que eu saiba, minha mãe teve um único amor platônico. Um guerrilheiro, sobre o qual chegamos a saber apenas o apelido (imagino que era seu nome clandestino): o professor de caratê. Agora que está velha a importuno com isso e ela diz que não é verdade, que de fato lembra do rapaz mas que o resto é coisa da minha imaginação. Aconteceu pouco depois do meu terceiro aniversário, de modo que posso ser considerado uma fonte duvidosa. Mas não inventei isso: tenho certeza de que chorou quando soube da morte dele. Naquela noite não teve ânimo para ir trabalhar.

Conheceu-o através de Kito, o irmão mais novo de minha madrinha Jesu. Nós o vimos apenas uma vez: tínhamos combinado de encontrar minha madrinha quinta-feira numa pozolería perto do Mercado Central e lá topamos por acaso com os dois homens. O professor de caratê era muito magricela, muito sério e muito barbudo. Falou o tempo todo num tom baixo, mas com muitas palavras (e saliva), muito intensamente. Eu o odiei de imediato. Mamãe, pelo contrário, o escutou a tarde toda com uma cara abobada. Me taquei no chão, joguei areia no prato de abacate e mordi de propósito um rabanete para ficar com tudo ardendo e chorar. Ela se limitou a me dar palmadas de tempos em tempos. Ao se despedirem, o professor de caratê e Marisela se deram as mãos e olharam nos olhos um do outro.

Essa é, obviamente, minha lembrança mais antiga: a angústia de ver um estranho roubando meu único amor.

Não saberia precisar quanto tempo depois prenderam o Kito, num fracassado assalto a banco em Acapulco. Eu, minha mãe e minha madrinha fomos vê-lo na cadeia, que ficava na esquina de casa: na época morávamos no número quatro do beco Benito Juárez, no bairro de Aguas Blancas, muito perto da zona de tolerância. Os três choraram e repetiram muitos impropérios por trás das grades. Depois, respondendo a uma pergunta de minha mãe, Kito disse:

– Aqueles babacas em Ticuí resolveram aplicar a lei da fuga com o professor de caratê.

Lembro dessa frase. Não soube seu significado até muito tempo depois. O que sei é que naquela noite minha mãe se embebedou trancada em nosso quarto, escutando boleros. Ela diz que não. Que lembro tudo errado porque era pequeno. Mas quem esquece a primeira vez que pisou numa prisão...?

4

Essas e outras besteiras eu pensava, morrendo de medo, na noite em que o avião descia para pousar em Havana. Pensava nelas para me distrair, para não suar frio: trazia comigo, no bolso da jaqueta jeans, uma pedra de ópio do tamanho de um dente de alho. Aterrorizava-me a ideia de ser metido na prisão pelos filhos de Fidel, acusado de narcotráfico.

Alguém – nem lembro quem – tinha me dado aquele pedaço de goma de presente de aniversário. Com um pequeno cachimbo de cerâmica, demos umas boas tragadas dele, e depois o guardei na escrivaninha. Esqueci completamente do objeto. Até que, meses depois, enquanto arrumava a mala para a viagem a Cuba (era uma viagem de trabalho: tinham me contratado como parte da equipe de logística para uma série de concertos e exposições de artistas mexicanos na ilha), procurando outra coisa, acabei dando com ele. Pensei que seria divertido compartilhá-lo com alguns colegas à beira-mar. Dividi-o ao meio. Com uma das metades preparei um concentrado de pasta macerada em água (uma espécie de láudano sem álcool), que despejei num frasquinho de remédio para nariz com dosador integrado a fim de poder aspirar o líquido diretamente do recipiente. A outra parte coloquei no fundo de um maço de cigarros Popular que estava pela metade. Pus ambos os pacotes no bolso externo de minha jaqueta e parti para o aeroporto.

Passei o voo inteiro aspirando ópio líquido do frasco de Afrin Lub: eu entre ninfas e nuvens e as pessoas me olhando com compaixão, que gripe terrível esse pobre rapaz pegou. Pouco antes da aterrissagem, o medo me assaltou: as prisões cubanas têm péssima fama e sabe-se que, quanto mais o comunismo castrista caduca, mais se torna conservador e puritano... Onde foram parar as libertárias sombras guerrilheiras (e sem dúvida maconheiras) sobre as quais minha mãe me ensinara a cantar de pé numa cadeira, com um pente como microfone na mão...? Essas merdas agora mesmo me pegam e me colocam nos eixos, adeus loiras caribenhas adeus iscas de porco com tostón adeus passeios pelo malecón com a cabeça transformada numa caixa de fósforos acesos diante de tanta beleza, adeus guaracha adeus... Mas ao mesmo tempo eu me consolava: o bom é que estou tão chapado que mal vou sentir direito as coronhadas... Mas de manhã... Fechava levemente os olhos e me via limpando o excremento de uma latrina próxima à maior parede de uma caverna, com o cabelo e a barba (eu que sou tão sem pelos) enormes, crespos, feito o Conde de Montecristo... Depois, na cena seguinte, era diferente: conseguia driblar os cachorros e os milicos e evitar os controles alfandegários como Bruce Willis em *Twelve Monkeys*, com essa mesma musiquinha-irritante-de-telefone-fora-do-gancho de fundo enquanto adentrava, narcoguerrilheiro a meu modo, na selva tropical: camaradas, tomem um pouco de analgésico, abaixo o governo ruim, liberem, liberem, A Revolução É O Ópio Do Povo... E assim me entretinha, de modo tão saudável com os djins do meu sistema nervoso que sequer notei quando o avião tocou o solo.

5

Por outro lado, a primeira lembrança de minha mãe (porque ela me contou: ela me conta quase tudo) é terna e repugnante. Devia ter, como eu, uns 3 anos. Olhava por entre a trama dourada do alto-falante de um grande rádio Philips, holandês e de madeira, com dial duplo. Alguém – ela não sabe quem; suspeito que foi meu avô Marcelino – havia dito a ela que a música que saía daquela grande caixa cor de café era interpretada por pessoinhas em miniatura que moravam lá dentro. Por mais que se esforçasse, tentando subir ali, a pequena Lupita não conseguia ver ninguém. Apesar de quase, de repente... Mas...

Sentiu que a içavam. Como ela fazia comigo quando me transportava nos braços para me colocar na posição de cantor numa cadeira. Só que não a suspendiam pelo torso, mas pelas tranças. Em seguida escutou a voz de minha avó (e essa é a primeira coisa que minha mãe lembra sobre sua mãe, quer dizer, como escaparia de ter a vida fodida que teve):

– Condenada Maldita, quantas vezes tenho que te dizer para não mexer nas coisas dos outros.

E sem piedade alguma atirava-a no pátio de terra batida, onde minha pequena mãe gritava, confusa com o pó, apenas para logo ser espancada com chutes e tapas por aquela que os locutores de rádio e televisão mais piegas chamariam de "a autora de seus dias".

Torturava-a quase diariamente. Porque queria ir à escola. Porque não queria ir à escola. Porque deixou soltar uma trança. Porque trouxe o pão errado. Porque esqueceu de juntar lenha. Porque um de seus irmãos mais novos (meios-irmãos na verdade) resolveu choramingar perto dela. Porque estava com a saia curta, os joelhos ralados, a garganta irritada. Mas, sobretudo, descia a mão nela porque minha mãe adorava boleros.

Minha avó Juana se apaixonou por meu avô Pedro aos 14 anos. Conheceu-o num baile. Ele e o irmão dela, meu tio-avô Juan, interpretaram músicas de Rafael Hernández à frente do grupo Son Borincano. O tio tocava violão. Meu avô tocava o tres. Em pouco tempo, Pedro e Juana começaram a ter relações sexuais. Quase em seguida minha avó engravidou de minha mãe. As respectivas famílias (vizinhas e – até então – amigas) obrigaram-nos a se casar. Ao que parece, moraram juntos alguns meses: até o outono em que Guadalupe nasceu. Minha avó Juana não estava pronta para ser mãe. Assustada, abandonou a precária casa que meu avô Pedro, com seus vinte e poucos anos e motorista de caminhão, podia lhe oferecer. Sua fuga durou poucos dias. Logo, arrependida ou obrigada pelas outras mulheres de sua família, tentou recuperar a bebê. Meu avô se negou a entregá-la. Minha avó foi à polícia e o acusou de sequestro. Pedro foi preso. Juana recuperou a minha mãe. Depois, quando ele saiu da cadeia, dizem que a avó quis consertar a situação: tentar novamente aquela coisa: o casamento. Mas Pedro já estava muito amargurado. Foi embora da cidade. Abandonou a música.

Ainda adolescente, aos 17 e carregando uma filha de 2 anos, Juana se casou com um homem dez anos mais velho que ela, um mecânico da Casa Redonda cujo único patrimônio era ser feio, tranquilo e bondoso.

— Só tem um defeito — disseram as casamenteiras: — bebe demais. Mas não se preocupe, criatura, isso você vai conseguir mudar nele.

Claro que não conseguiu mudar.

Dizem que em meados dos anos oitenta, em seu leito de morte, corroída por um câncer de útero — justiça poética —, Juana pediu a sua nora mais nova que procurasse em sua cômoda e lhe passasse uma fotografia escondida embaixo da madeira do fundo de uma das gavetas. Era o retrato feito em estúdio de seu casamento com Pedro Acosta. Morreu com ele abraçado ao peito.

Minha avó nunca deixou de amar seu primeiro marido. Por isso odiava a existência de minha mãe e odiava a existência da música.

Guadalupe demorou muitos anos para entender totalmente. Contudo, algo dentro dela reconhecia um padrão que ligava as surras ao bolero. Intuía que cantar em casa ou mesmo ouvir rádio podia ser perigoso. Juntava-se ao avô Marcelino nos momentos em que ele, garrafa de mezcal na mão, sintonizava a voz de Los Montejo na W: *hay en el fondo azul de tus pupilas una radiante floración de perlas*. Ou ouvia secreta e atentamente o aparelho dos vizinhos e, tomando muito cuidado para não mover os lábios enquanto lavava a louça, imitava mentalmente a voz de Bienvenido Granda.

Perto dos 8 anos, em 1950, Guadalupe descobriu uma das maravilhas mais furiosas que a infância permite: fugir. Usava qualquer pretexto — ir à padaria, jogar a água suja na calçada, dar um recado à vizinha — para sair correndo e se esconder no jardim central da cidade, que ficava relativamente perto de seu bairro. Sabia que não procurariam por ela: em primeiro lugar, ninguém sentia sua falta; em segundo, sua fuga dava a Juana um excelente pretexto para espancá-la, desta vez não apenas com a mão limpa, mas armada com um pau, uma frigideira ou qualquer outro objeto que estivesse a seu alcance.

De todo modo, Guadalupe se precavia: subia numa das árvores mais antigas e se escondia na copa. Ficava lá o dia todo, aguentando frio ou calor e a fome; sobretudo a fome. Cantava. Cantava aos gritos, como a vi cantar muitas vezes quando voltava para casa feliz e bêbada porque havia ganhado uma grana boa nos prostíbulos: en el mar está una palma con las ramas hasta el suelo donde se van a llorar los que no encuentran consuelo pobrecita de la palma. Às vezes cantava sozinha, às vezes seguia o compasso da estação de rádio sintonizada na sorveteria que ficava num pequeno quiosque no meio do jardim... Cantava até as seis ou sete da tarde, quando caía o sol. Então (ela me conta, ela me conta quase tudo) sentia como se uma teia de aranha de cãibra começasse a envolver a planta dos seus pés. Aquela sensação ia subindo pelos tornozelos, pelas panturrilhas, e assim, pouco a pouco, conforme a luz diminuía, a teia de aranha da cãibra ia tomando seu corpo todo até apertar a garganta. O tecido ficava esbranquiçado, elástico, espesso. Quando tinha certeza de que aquele emaranhado estava a ponto de asfixiá-la, conseguia chorar. Se desfazia de toda a teia. Diz que o que a levava a chorar, quase sempre, era um bolero que colocavam na rádio da sorveteria bem na hora do pôr do sol: "Desvelo de amor", com o Trío Guayacán: vuelvo a dormir y vuelvo a despertar.

Terminadas a música e a sessão de choro, mais tranquila e sem dúvida purificada do ódio, minha mãe descia da árvore e, a caminho de sua casa, calculava com espírito de mulher de malandro ou de boxeador sem talento como deveria posicionar o corpo para receber melhor os golpes de sua mãe.

6

Saímos do avião para um free shop. Me entretive espiando as vitrines: não queria ser preso na frente dos outros membros da equipe. Não conhecia nenhum deles, mas poderia identificá-los (e eles a mim) por uma camiseta-uniforme que os organizadores distribuíram para nós, dez conjuntos para cada um; de acordo com o contrato, deveríamos usá-las sempre durante nossa estadia na ilha, em horário comercial e nos traslados que viéssemos a fazer.

Minha primeira estratégia de fuga foi infrutífera: todos os integrantes da equipe ficaram se entretendo, como eu, nos comércios comunistas bem abastecidos do aeroporto. Havia, entre os grandes mostradores cheios de rum e CDs e charutos, um nicho que exibia artigos de beisebol: bonés e camisetas azuis com um grande "I" impresso em caracteres Block; um pequeno banner triangular com a inscrição (também em Block) "Industriales de La Habana". Decidi comprar uma camiseta e me desfazer de meu uniforme de trabalho no banheiro. Assim pelo menos não envergonharia meus colegas na hora da prisão. Continuei enquanto isso tomando doses generosas de ópio líquido do frasquinho de Afrin Lub entre turistas e policiais. Ensandecidamente tranquilo.

Duas horas depois, consegui passar pelo controle de passaporte, peguei minha mala e me dirigi à fila que levava à última das portas. Na minha frente havia um rapaz muito alto e loiro com um impressionante rastafári. Nos cumprimentamos movendo a cabeça.

Meia hora depois, quando o moleque rastafári enfim alcançou a porta, o funcionário da alfândega pediu seus papéis. Analisou-os com calma. Finalmente, disse:

– Me acompanhe, por favor. É uma revista de rotina.

Ambos desapareceram por trás de uma porta espelhada, próxima à saída. Por um momento fez-se um silêncio solene entre os que esperavam a vez: todos sabíamos que a "revista de rotina" consistia em meter dois dedos pelo reto do garoto rastafári em busca de substâncias ilegais.

O guarda que me abordou, por outro lado, sorria sem conseguir deixar de olhar para minha camiseta de beisebol. Deu apenas uma olhada rápida no passaporte. Me devolveu, dizendo:

– Três jogos a um, meu querido: três jogos a um. Pra cá os azuis, pra lá os vermelhos. Obrigado por preferir os Industriales.

7

A ideologia de Marisela Acosta – como a de qualquer cidadão que tenha verdadeiramente habitado o século XX – é um mistério.

Aprendeu as primeiras letras com meu avô Marcelino. Depois cursou dois anos do primário, mas teve que largar porque minha avó Juana precisava que ela ajudasse cuidando de seus irmãos mais novos. O que Guadalupe mais gostou em sua passagem pela escola foram os números: até hoje carrega sempre dois ou três cadernos em que anota cifras e operações aritméticas que ninguém sabe bem do que se trata.

Aos 14 anos fugiu definitivamente de casa. Trabalhou de empregada para algumas famílias guanajuatenses ultracatólicas de tradição cristera.[3] Foi daí que vieram, suponho, seu fervor por São Francisco de Assis (por anos peregrinou até Real de Catorce todos os 4 de outubro) e certos trejeitos e frases ingenuamente aristocratizantes:

– Eu sou um perfume refinado embrulhado em papel de jornal.

Daí vieram também seu racismo, e o consequente ódio a si mesma, sendo ela descendente de índios. Todos os seus filhos nasceram de pais brancos e/ou com sobrenomes estrangeiros. Quando éramos meninos, ela nos aconselhava:

---

[3] Diz-se dos rebeldes católicos que se insurgiram contra a legislação anticlerical mexicana durante a chamada Guerra Cristera ocorrida entre 1926 e 1929. (N. do E.)

– Casem com uma loirinha. Mas que seja bonita. Precisamos melhorar a espécie.

Nunca perdeu o contato com o padrasto; amavam muito um ao outro. Marcelino Chávez participou no movimento ferroviário do final dos anos cinquenta, o que me leva a suspeitar que possuía alguma formação política. É provável que minha mãe tenha recebido dele suas primeiras ideias marxistas. Além do mais, Marisela chegou a Acapulco pela primeira vez em meados dos anos sessenta, e morou lá – embora de maneira intermitente – até 1977. Esse período compreende, em parte, o auge da frivolidade importada dos Estados Unidos, a Acapulco rock, o LSD, os puteiros tipo mansão como o La Huerta, a pornografia old fashion, as primícias da cocaína entre os turistas, os globos espelhados... Mas também era a época em que a utopia entrou em guerra com o faroeste: os fins de semana dos adolescentes de 1968, os primeiros passos do trabalho de massas nas zonas rurais, Lucio Cabañas e Genaro Vázquez, a Guerra Suja... Isso tudo aconteceu com qualquer um que tenha vivido nessa época; mas viver bacanalmente esse processo, sendo mulher, vivê-lo das mesas de um prostíbulo acapulquenho, foi – quero pensar assim – como sorver ao mesmo tempo a nata de dois mundos. Mamãe numa noite chupava um ideólogo do magistério e na seguinte o capitão paramilitar que havia torturado o primeiro. Por causa disso ela pensa que a propriedade privada é uma mentira imposta pelos exploradores e pelo governo corrupto e, também, que grandes manifestações de rua como as de AMLO são uma falta de respeito e decoro num país de pessoas civilizadas e cultas.

Por causa disso acredita que o maior herói da história é Ernesto Guevara e, também, que é preciso educar os jovens com mão de ferro, com princípios, inclusive à base de surras.

Odeia drogas.

– Como é possível que você, que se acha tão inteligente, fique se envenenando com *Aquilo*? – me disse, em meados dos anos noventa, quando ficou sabendo de meu vício em cocaína.

Na minha família é permitido qualquer tipo de xingamento (maldito, desgraçado, vadia, estúpido), mas é proibido qualquer obscenidade (pau, cu, peido, puteiro). Ainda hoje não sei explicar totalmente a diferença entre ambos, mas consigo intuir com facilidade quais novas palavras pertencem a cada hemisfério. O vocábulo universal que eu e meus irmãos usamos para substituir as expressões de mau gosto é *Aquilo*.

Quando meu irmão mais velho me deu minha primeira lição sobre sexo, em momento nenhum falou de paus ou pênis, clitóris e vaginas: tudo era *Isto*, *Aquilo*, *O de Cima* e *A Parte Externa Daquilo*. Para falar de seu trabalho (a menos que estivesse bêbada ou furiosa), mamãe dizia: *fazer Aquilo*. Para ela, a coca (pó, Branca de Neve, talquinho, dalila, giz, bright) era *Aquilo*: pau, cu, peido, puteiro. Levou uma década para me perdoar.

Herdamos o *Aquilo* de um taxista de Acapulco: Praxedis Albarrán, mais conhecido como Pay. Pay foi, para minha mãe, o mais próximo de um Pigmaleão. Era uns vinte anos mais velho que ela. Amava-a sem ser correspondido. Deu-lhe de presente seu primeiro *Manual*, de Carreño. Acostumou-a a ir ao cinema uma vez por semana. Obrigava-a a ler e comentar os jornais. Fazia cara feia cada vez que ela usava uma palavra do jeito errado. Era um grande leitor, de modo que uma vez por semana trazia para ela um desses livros que enlouqueciam as pessoas do século passado: *A terceira visão*, *O despertar dos mágicos*, *A pele de Curzio Malaparte*, o *Elogio da loucura*, *A sangue-frio*, *A ilha das três sereias*... Mamãe leu todos, e depois os misturava com outros que ela mesma escolhia (e que eventualmente também se tornavam minhas leituras): *A calzón amarrado*, romancinhos soft porn assinados por Toni Friedman, revistas *Cosmopolitan*, *La casa que arde de noche*... Pay sumiu quando Marisela, ligeiramente refinada, conseguiu seduzir um narcotraficante gato: a conversa mole pode eliminar a feiura, mas um gângster armado elimina tudo o que aparecer pela frente.

Em meados dos anos setenta, dois acontecimentos se cruzaram e terminaram de fixar o perfil ideológico de minha mãe. Um deles foi (e que conste que não estou fazendo um pastiche da biografia de Octavio Paz) uma viagem ao sudeste do país. O outro, a morte de Marcelino Chávez.

Naquela época meu avô já havia se tornado o pinguço da vizinhança. Perdera o trabalho por três motivos: a vergonha de ter renunciado à militância, a amargura da derrota ruminada por anos e, claro, o excesso de álcool. Passava a vida mendigando uma bebida na porta dos bares. Não havia semana em que não tomasse uma surra. Quando Marisela soube que seu padrasto estava de cama, definhando com uma cirrose, correu para perto dele. Fez bem: nem minha avó nem os filhos biológicos quiseram saber da agonia do velho. Quando finalmente Marcelino bateu as botas, mamãe entrou num cômodo da funerária com o cadáver fedendo a sujeira e mijo, despiu-o e o lavou. Colocou nele um paletó e uma gravata novos que ela comprara para o enterro.

Na manhã seguinte ao velório, meu tio Gilberto disse que não estava disposto a dormir duas noites seguidas sob o mesmo teto que uma puta. Marisela fez a mala e partiu. On the road, juntou-se a uma farra que acabou levando-a, pela huasteca potosina, até o porto de Veracruz. Bebia, diz (me conta quase tudo com uma honestidade que poucos filhos terão de seus pais; sabe que está perto da morte e que eu sou seu único apóstolo, o solidário evangelista de sua existência), do jeito que fosse: convidada, com sua bolsa a tiracolo, cobrando, beijando homens ou lésbicas, fazendo danças, ao volante de um Volkswagen sucateado, transando com estranhos sem lembrar direito se tomara ou não a pílula...

Até que uma manhã, enquanto curava a ressaca no café de La Parroquia, chorando sem parar por debaixo dos óculos escuros, escutou alguém contando na mesa ao lado: "Do porto de Progreso, em Yucatán, dá pra ver algo maravilhoso: o brilho das luzes de Havana do outro lado do mar."

Marisela perguntou qual era o caminho mais curto até Progreso e partiu para lá logo em seguida. Chegou no dia seguinte. Perguntou na rodoviária:

– De onde é que dá pra ver as luzes de Havana?

Informaram-lhe. Uma senhora a advertiu:

– Não é Havana, menina. Não acredite nessas histórias. São apenas as luzes dos cruzeiros.

Mas minha mãe não ligou: já tinha planejado tudo em sua cabeça.

De modo que, diz (já não sei se quem fala é a febre ou minha mãe mesmo), alugou um quartinho e, logo ao anoitecer, dirigiu-se à parte do cais que era mais distante da iluminação pública. Dali, viu surgirem, em meio à névoa, as pulsões de uma galáxia encravada entre duas dobras de veludo. Deu boa-noite para o valente Fidel Castro. E cantou, chorando baixinho: flores negras del destino nos apartan sin piedad...
    Por que as vidas das pessoas que escutavam boleros sempre parecem tão piegas? Será que, uma vez que as conhecemos, contraímos uma espécie de predisposição psicológica a observá-las apenas quando choram, quando estão com um humor que, achamos, torna suas presenças de algum modo acessíveis: carne de lamento porto-riquenha para alimentar A Grande (Tele) Novela Latino-Americana, sintonizada na AM, maldição de Pedro Infante...? Será que o bolero simplesmente tem uma textura narrativa melhor que a música cômica, que a música *dura*, e por isso – por exemplo – a lacrimosa ópera trágica, o corrido, os brochezinhos do vestido de Jocasta formam uma sopinha mais fácil de engolir que, digamos, Les Luthiers ou Lautréamont...? Ou será uma desculpa: nós, latino-americanos, gostamos do melodrama porque somos eurocentricamente adolescentes, e sabe-se que os que choram estão ainda, como logo se diz, com todo o leite dentro de si: estão na plenitude da vida...?
    Este último deve ser meu caso. Prefiro imaginar minha mãe diante das falsas luzes de Havana, bêbada e com o nariz entupido, cantando, do que vê-la do jeito que está aqui na minha frente hoje: calva, calada, amarela, respirando com mais dificuldade do que um pintinho sorteado numa quermesse.

Faz mais de uma semana que, bioquimicamente, mamãe está impedida de chorar. A ideologia da dor é a mais fraudulenta de todas. Seria mais honesto dizer que, desde que minha mãe padece de leucemia, seu pensamento político só pode ser expresso através de um microscópio.

8

Chegando a Havana encontrei com meu amigo e artista conceitual Bobo Lafragua, espécie de Andy Warhol (não tanto: é mais um Willy Fadanelli provinciano) por conta de sua capacidade de reunir em torno de si toda uma corte de groupies, discípulos famintos e garotas com uma autoestima tão pavloviana e tão baixa que tiram a roupa cada vez que alguém pronuncia (mesmo que esteja se referindo a uma marca de cerveja) a palavra "modelo". Meu amigo Lafragua (cuja obra fazia parte do kit artístico que *diversas instituições culturais mexicanas estavam levando gratuitamente ao povo de Cuba*: remessas enviadas por um irmão mortificado por uma culpa histórica) chegara dois dias antes de mim. Já estava com a cidade nas mãos.

Hospedaram-nos no Hotel Comodoro, não muito longe do aeroporto, pela região de Miramar. Logo que desci do ônibus, Bobo disse, à guisa de saudação:

— Estamos longe pra caralho da Havana Antiga. Mas não se preocupa, seu viadinho, é muito fácil de chegar. Já até sei o que a gente pode fazer caso você não tenha tempo de ir muito longe: aqui perto tem a embaixada russa. Não fode, você tem que pelo menos dar uma olhada para registrar como esses malditos eram faraônicos, você que é todo de esquerda, viadinho. Mas caso você vá, tem que ser de dia: nem pensa em ir de noite. De noite, toda a Quinta é território dos travecos com as maiores bundas do Caribe: só dá camarão.

Notava-se que havia entornado meia garrafa de Stoli e – quem sabe – talvez cheirado três ou quatro carreiras. Acrescentou, colocando o braço sobre meu ombro e empurrando-me suavemente até o balcão da recepção:

– Amanhã vamos comer no Bairro Chinês, seu viado. E na quinta vamos até a Casa da Música do centro para conhecer os próprios NG La Banda, em pessoa. Depois vou te levar num paladar muito escondido em Almendares, onde parece que fazem a melhor lagosta. Mas não fica triste porque também tenho planos pra você hoje: vai pro quarto e se veste que vou te levar pra passear.

Girando sobre seus calcanhares e dirigindo-se à pequena comitiva que já havia conseguido reunir no hotel (três pintorezinhos mexicanos com caras arrependidas de adolescentes que nos olhavam entediados, sentados num cômodo sofá de pele em frente aos telefones do lobby), disse, dando um soquinho no ar:

– Rumo ao Diablito Tuntún, camaradas.

Os rapazes assentiram, sorrindo, quase com medo.

Eu sempre fui um homem dócil. Com generosas doses de ópio nos pulmões, viro um zumbi.

Fiz o check-in, subi para o quarto, desfiz a mala e tomei um banho. Por conta do clima e do ambiente (o Comodoro é um hotel dos anos quarenta, achatado e comprido, com três piscinas ultra-azuis, quatro restaurantes, um salão de baile com orquestra e duzentos quartos com vista para o mar arrematados por largas varandas equipadas com cadeiras e mesinhas que lembram a cena do aniversário de Hyman Roth em *The Godfather II*), escolhi uma indumentária quase yucateca: calça de linho, camisa guayabera, tênis Reebok.

Minutos depois desci para o lobby. Esperei junto aos três pintorezinhos por quase uma hora. Em seguida telefonei para o quarto de Bobo. Nada. Com certeza estava dormindo.

(Essa é a única coisa ruim a respeito de meu amigo. Acorda às seis da manhã e às nove já está preparando o primeiro drink, normalmente um desarmador. Ao meio-dia insiste: vamos a uma boate de strip...! Mas logo que anoitece já está nocauteado. Há alguns anos tiraram sua vesícula, o que reduziu severamente sua tolerância aos paraísos artificiais. Às vezes penso que ele é o negativo de um vampiro.)

Como já estávamos animados e com roupa de sair, eu e os três pintorezinhos decidimos levar a cabo os planos de Bobo Lafragua.

– Aonde vamos?

– Ao Diablito Tuntún.

– E o que é isso?

Nenhum dos três rapazes sabia: tinham chegado a Havana poucas horas antes de mim. De modo que perguntamos a um taxista, que nos conduziu até a Casa da Música de Miramar e nos apontou uma escada externa que levava ao andar de cima.

– É ali.

Antes de sair do táxi me abasteci com uma generosa porção de ópio do frasco de Afrin Lub. Me dei conta de que o frasquinho duraria, se muito, essa noite e mais uma.

Não sei dos outros: eu subi a escadaria feita de troncos com a solene sensação de estar pisando as alpargatas de Estrellita Rodríguez.

Bastou entrar no salão, rapidamente o encanto se desfez. Era um espaço descolorido e de paredes altas, teto de madeira rústica, equipado com móveis elegantes e malfeitos, como os de uma casa de prostituição em decadência: poltronas turcas com a espuma saindo, cadeirinhas diminutas feitas com pinho de segunda com detalhes dourados e enferrujados, plantas artificiais e geladeiras decrépitas – mas cheias de cerveja Polar – roncando como gorilas... A música estava baixinha e algumas cadeiras permaneciam empilhadas nas estreitas mesas circulares. Consultei meu relógio: ia dar onze da noite.

– Não, meu amigo – disse o homem na entrada, lendo meus pensamentos. – Aqui a festa começa lá pras três, quatro. Se quiserem algo antes, vão abrir a pista lá embaixo. O Sur Caribe está começando a tocar.

De modo que tivemos de pagar duas entradas. Calculei que em apenas seis ou sete horas havia gastado a quantidade de cucs que eu calculara serem suficientes para todo o fim de semana.

Ricardo Leyva estava maltratando suavemente o piso de madeira com "El Patatum": si le va a dar que le dé, que le dé, olha o coro que eu trouxe aqui, os pintorezinhos (sob a luz escarlate da noite havanera os três me pareciam iguais, como se fossem jovens Greas masculinas cujo único olho e dente era o limpíssimo vidro de rum) pediram uma garrafa que entornamos em seguida, que calor, e não era difícil notar, pela falta de jeito para dançar, que quase todos os homens presentes eram estrangeiros, um monte de venezuelanos fingindo serem comunistas e terem ritmo, mas nem de brincadeira, e dos mexicanos é melhor não falar nada, temos um presidente filofascista e uma sintaxe excepcionalmente pacata (a menos que você não sinta falta, nesse ponto do discurso, de um ponto ou de um ponto e vírgula) e dançamos salsa com dois pés esquerdos e com as pernas tão abertas que parecíamos Manuel Capetillo numa tourada em preto e branco. As mulheres, por outro lado, eram, em sua maioria, naturais da ilha; citavam Lenin em russo para você do mesmo jeito que engatavam a marcha logo que os motores roncavam, blam blam arrastavam a alma nos pés roçando suavemente a madeira, dame más dame mucho pa que se rompa el cartucho, e era difícil para novatos como nós (eu e as três Greas da jovem pintura mexicana) distinguir, entre a boa dança e a boa forma do corpo, o que havia de moral e bons costumes: quais eram as leais defensoras do partido, que estavam ali para celebrar com os companheiros que nos visitam da república irmã da Venezuela, e quais eram as moças fáceis, cujo pensamento havia se deturpado por assistir à tevê imperialista (não me importa que você seja *coletivista e afável*: sou cubano, sou Popular), e quais eram, por último, as licenciosas e abertamente comerciáveis borboletas – ou, como diz o Gente de Zona: su-salsa-no-es-conmigo-su-salsa-es-con-conjunto.

(Que me perdoem as Camaradas Decentes Inseridas Na Luta, mas ao ritmo da música somos todos iguais: à merda o Partido Comunista.)

Por volta das três da manhã, Ricardo Leyva e o Sur Caribe encerraram o show com a música que muitos estavam esperando (sei disso porque, assim que a melodia de vento começou, os garçons que passavam por mim sorriam e davam um tapinha forte nas minhas costas): "Añoranza por la conga." Micaela se fue y solo vive llorando, dicen que es la conga lo que está extrañando, dicen que ella quiere lo que ya no tiene, que es arrollar Chagó: um blues dançante para insultar aqueles que tentam sair do país de balsa. Criminoso. Como se os heróis da pátria tivessem o direito de se vangloriar por nos expropriar a música, esses comedores de merda. Mas oh oh OOOH, that shakespearian conga: logo estávamos todos dançando e pulando. Uma percussão incendiária, domesticada das ruas, ferozes na fogueira: un farsante me dijo que yo era rockero. Éramos a versão Disney da dança do desfile do Primeiro de Maio na praça da Revolução, continuem rodopiando e parem na esquina, só dá turistas frívolos e putanheiros tentando arrumar uma bundinha proletária que o ajude a sentir, uma vez que seja, a elevação erótica – histórica, marxista-leninista e dialética – das massas. Se você não pode se unir ao heroísmo, trepe com ele.

A música acabou.

Ficamos no bar por mais um tempo. Matamos em dois goles uma segunda garrafa de Havana Club. Depois das quatro subimos novamente ao Diablito Tuntún. Estava lotado e com um som gostoso, a todo volume. Entre os presentes, encontramos um renovado Bobo Lafragua.

– Por que saíram tão cedo, meus estúpidos camaradas? – disse, esboçando o melhor de seus sorrisos.

O companheiro Lafragua se distingue, entre outras coisas, por seu impecável gosto para se vestir. Trajava uma camisa branca de seda opaca, cômodos sapatos Berrendo, óculos Montblanc, uma Dockers cor de creme e um cinto Ferrioni. Tinha prendido seu cabelo encaracolado, ralo e comprido, com um prendedor de prata. Estava sentado em frente a uma garrafa de Stolichnaya, uma de The Famous Grouse e várias latas de Red Bull.

– Chegaram bem na hora: estou fazendo uns camicases para minhas comadres aqui – referindo-se a três borboletas que o acompanhavam.

Sentamo-nos em sua mesa. Os três pintores começaram a beber automaticamente a mistura venenosa que Bobo preparava: uma parte de vodca e outra de scotch para duas de Red Bull. Eu havia decidido parar de beber: o álcool estava bloqueando o efeito do ópio. Preferi continuar me suprindo com generosos jatos nasais da droga...

O Diablito Tuntún deve ser o maior after de Havana. Exagero: há muitos outros. Mas todos acabam sendo a mesma coisa, o que varia é a preferência sexual. A maioria são clandestinos, e que preguiça arrumar um carro que te leve ao Parque Lenin pouco antes do amanhecer para ir a uma *rave* gay, e que sordidez beber aguardente no bico da garrafa no malecón com meninas de 12 anos, ou que caro pagar o que uma pensão cobra no Vedado para roçar-se com reggaetoneiros famosíssimos que para você são apenas mais um cubano anônimo e pretensioso com camiseta de gringo e uma atitude insolente de líder sindical mexicano, e que afã se deslocar até Marianao só para conhecer de novo as mesmas putinhas do rubor tropical, míticas e comuns e corriqueiras, com seus perfumes enjoativamente idênticos aos de uma stripper de Paris ou de Reynosa, e no fim de tudo acabar trepando, mais bêbado que um pano de barman, depressa e mal, nos mesmos quartinhos infectos do centro de Havana que todos os turistas usam, gozando ao compasso da voz de uma velhinha mal-humorada que, no quarto ao lado, amaldiçoa a você e ao regime enquanto assiste clandestinamente à Telemundo.

O Diablito Tuntún é um free shop de putas onde muitos músicos vêm arrastar suas asas logo após terminarem os shows. Embora a prostituição continue sendo ilegal (por isso em Cuba tanta gente a pratica, de tantos jeitos diferentes), no Diablito as regras são ainda mais frouxas que em outros antros "legítimos" da capital. As meninas entram a rodo, arruinadas pela noite sórdida, e ao mesmo tempo mais aguerridas do que nunca: gananciosas, malcomidas, prestes a vomitar após terem chupado picas moles e diminutas. Com sono, soberbas, mal-humoradas (dependendo de quantos cucs faturaram naquele turno), luxuriosas. Com uma vontade inconfessa de gozar também: queijo em excesso, diria um pai de santo de Regla. O Diablito Tuntún é um paraíso de pesadelo onde a música é insuportável e cinco ou seis mulheres dançam ao seu redor tentando te levar para a cama. Aqui você não pode olhar uma mulher bonita nos olhos: são mais perigosas que presidiários. Se você as olhar nos olhos, vão abrir sua braguilha. É o lugar perfeito para uma noite de farra quando se é um monógamo anestesiado pelo ópio e torturado pelo fato de ser filho de uma prostituta.

Antes de sair do México falei com Mónica: mesmo não vindo ao caso prometi, no meio de uma tremenda bebedeira, uma fidelidade tão solene que devo tê-la deixado arrepiada. Confidenciei-lhe que minha mãe havia se dedicado por muitos anos à prostituição, o que me impossibilitava de trocar dinheiro por sexo.

– Ou seja, pode ficar tranquila – finalizei, sem reparar muito no olhar de ternura misturada com terror que ela me dirigia.

Depois eu quis comentar isso com Bobo Lafragua. Disse a ele, parafraseando Silvio:

– Sou feliz, sou um homem feliz, então me perdoa, mas não vou te acompanhar na putaria.

Bobo respondeu, analiticamente:

– Não fique aflito: o paraíso do Período Especial já acabou. Agora uma puta te sai mais caro que uma dançarina de Las Vegas. Culpa daqueles europeus babacas, que sempre arruínam tudo em que encostam a mão, e fizeram com que a coisa virasse moda.

Ao desligar o telefone me senti desconcertado: pela primeira vez tomei consciência de quão ameaçadora e opressiva pode ser a sexualidade de um povo ao qual você admira e desconhece.

Naquela noite no Diablito Tuntún, Lafragua (com seu jeito tosco) me deu razão. Afastando-se um pouco das meninas que pretendia estar embriagando (na verdade para elas o que importava era fechar negócio com os pintorezinhos-Greas), sussurrou para mim:

– A que horas essa gente fode, hein...? Passam o dia todo falando sobre sexo na rua e a noite bebendo e negociando sexo nos bares... Acho que, no fim, nem chegam a foder.

Quis responder com algo óbvio: isto é um fantasma, um free shop; isto não é Cuba, nós nunca estivemos em Cuba, acredite se quiser. Não consegui. O ópio me havia elevado a uma beatitude remotamente autista. Pensei: o que estamos fazendo aqui...? Fiz um esforço para perguntar isso ao meu amigo.

– Você – respondeu –, praticamente nada. Você já está chapadaço. Eu estou esperando uma dama.

Devo ter olhado para ele com estranhamento, porque acrescentou:

– Não qualquer uma: esta noite estou com um sistema especial de seleção.

Os rapazes Greas e as meninas Camicase se levantaram simultaneamente de suas cadeiras de pinho de segunda com detalhes dourados e enferrujados. Eles procuraram suas carteiras para deixar alguns cucs na mesa enquanto elas os abraçavam, agarravam-se em seus pescoços, tocavam suas virilhas e sussurravam, quase em coro:

— Se você já estiver pronto...

Foi uma cena digna de uma fábrica de sexo cuja razão social seria *O banquete de Platão*.

Os três casais saíram. À medida que as transações eram efetuadas em diferentes cantos do estabelecimento, a frequência foi minguando. O Diablito Tuntún é um lugar tipo pique-salve-todos: fica cheio apenas por poucas horas e logo todo mundo sai como louco para trepar. Durante alguns minutos, Bobo Lafragua e eu ficamos nos olhando nos olhos com tanta insistência que dois mulatos bonitos se aproximaram para nos oferecer companhia. Bobo continuou tomando camicases. Eu aspirei as últimas gotas de meu caldo de ópio.

Por pura perversidade, por puro self-hate, por puro ócio, passei em revista as garotas que tinham ficado para trás na noite, tentando ver qual era a que mais se parecia com minha mãe. Todas possuíam, claro, uma característica em comum: eram ligeiramente mais velhas para o padrão havanero, e por isso ainda não estavam trepando. Primeiro descartei as loiras. Depois umas morenas com peitos enormes. Deixei de fora, também, uma negra que gargalhava de um jeito feio: mamãe sempre se descrevia como uma fêmea muito cool no horário de trabalho. No fim não sobravam muitas: uma com a cabeça raspada, traços muito finos e rosto ligeiramente roliço, sentada sozinha no bar; uma mulher alta de cabelo comprido e escuro, que eu tinha visto sair com um cliente uma hora antes e que acabava de voltar ao local (nova em folha); duas mulheres de academia que certamente eram irmãs e cochichavam duas mesas depois de nós...

– Essa – disse Bobo Lafragua, apontando a mulher alta de cabelo comprido e escuro que eu olhava pela terceira vez.

– Sim – respondi distraído.

– Nem precisa falar nada: se você gosta, vou levar.

Levantou-se e se dirigiu a ela.

Então entendi qual era o seu método de seleção.

Eu sequer fiquei escandalizado: estava tão drogado que tudo o que queria era reunir força de vontade suficiente para me levantar da cadeira, pegar um táxi e ir para o hotel, onde tinha guardado o resto do ópio. Por um momento pensei que seria educado explicar a Bobo que ele havia feito confusão, que aquela mulher não me excitava de maneira alguma, mas que seu rosto desmantelado tinha me lembrado vagamente a velhice de minha mãe. Que o dano que tentava me causar não era kinky, era apenas amargo, e eu não sairia correndo para o banheiro do hotel me masturbar imaginando como ele comia a garota, mas acordaria na tarde seguinte sem inveja nem curiosidade, sem perguntas escabrosas nem vontade de saber detalhes, sentindo-me simplesmente como uma puta cansada: um sentimento de vergonha e desespero do qual, de qualquer jeito, raras vezes consigo escapar ao levantar, diariamente...

Não consegui.

Não falei nada.

9

Há dez anos conheci uma menina verdadeiramente bonita. Vou chamá-la de Renata. Era (falo isso sem orgulho e sem querer ofender as acadêmicas e feministas que desprezam a nós mexicanos por nos considerar incapazes de incluir mulheres feias em nossos escritos eróticos) o retrato vívido, em carne e osso, da *Vênus* de Botticelli emergindo das águas. Renata me aceitou sexualmente com uma condição: só podia comê-la pelo cu. Dizia que era por respeito a seu companheiro. Creio que, na verdade, a questão era simplesmente que ela gozava ao ser penetrada assim, mas tinha pudor de solicitar tal serviço a seu amado. Eu, por minha parte, estava louco por ela e aceitaria qualquer coisa que me propusesse. No começo, sofri. Era miúda e estreita, meu pau é largo e incircunciso; sangramos algumas vezes. Além do mais, nessa época eu era um sujeito mais reprimido que hoje em dia: por conta das brincadeiras e das verdades que ouvi da boca dos operários entre os quais cresci, tinha a convicção de que quem metia por trás eram só os soldados, os capitalistas que oprimiam o povo e os viados.

    O reto de Renata me curou, ao menos em parte, desse atavismo. Encaixado em suas nádegas desejadas por centenas de telespectadores (Renata fazia a previsão do tempo num canal de Monterrey), eu dizia: "Que coisa maravilhosa isso aqui." Ela ficava excitada com a possibilidade de uma troca de papéis. Girava sobre si e metia seu dedo indicador entre minhas nádegas. Mesmo querendo, nunca consegui permitir aquilo.

– Deixa disso, seu viadinho – ela dizia um tempo depois, tranquila, olhando para o teto.

Eu ficava calado.

Por mais de dois anos nos encontramos com certa regularidade em hotéis. Nunca saíamos e raras vezes conversamos. Nossa amizade se limitava ao tato. Eu desfrutava daqueles encontros de uma maneira perversamente platônica: mais que o orgasmo, o que me seduzia era a clandestina soberba de manchar minha virilha com excrementos do fantasma da retina de Botticelli. Não que o sexo não fosse divertido. Era distante. Uma ficção.

O ânus é um signo que até hoje não consegui decifrar. Consegui idealizá-lo em seu caráter utópico (como aprendi muito depois com os poemas de Luis Felipe Fabre, o que faz com que essa flor negra seja tão subversiva é seu caráter de coisa *nefasta* que a tradição eurocêntrica lhe impôs: algo indizível: um não lugar). Mas, diferentemente de qualquer outra parte dos corpos, não sou capaz de dirigir-lhe a palavra: só consigo falar dele na terceira pessoa. Não o percebo como uma besta viva, mas como um animal que matei. Sei que essa percepção caçadora deveria produzir significado por si só. O prazer e o possuir não requerem qualquer fulgor alheio para serem transcendentes. Posso verbalizá-lo, mas não consigo senti-lo. Por isso admiro na bissexualidade certa pureza que foi perdida, uma coragem serena e neolítica da qual careço. De maneira muito judaico-cristã, me parece deplorável que os sabores e tremores do erotismo não culminem numa teimosa e irracional fantasia de reprodução.

Sou um patriarca wanna be e um membro da Opus Dei que não saiu do armário.

Minha formação ideológica e meus traumas infantis têm tudo a ver com essa angústia machista em relação ao ânus. No lugar de onde venho (embora ache que é o mesmo em qualquer outro lugar), o ânus é o deus Jano, a flor de duas caras da falsa masculinidade. Quando era adolescente, toda hora ouvia algum cara do meu bairro dizer que quem era macho de verdade era "macho calado".

– Macho mesmo – dizia dom Carmelo na noite do dia do pagamento, caindo de bêbado – é quem já tomou lá mas não gostou.

Teoricamente era uma piada. Mas sempre, em algum momento da bebedeira, dom Carmelo dava um beijo na boca, de língua, em Melitón, seu filho mais velho.

Dom Carmelo era pedreiro. Eu e Melitón éramos seus ajudantes. Algumas quartas-feiras à noite, após trabalhar na obra, partíamos, suados e moídos, para um círculo de palestras sobre Poder Popular que faziam no bairro de La Sierrita e era presidido por Méndez, o antigo militante do Línea Proletaria, e por dom Tereso, um velho ferroviário aposentado a quem todos respeitavam por seu hierático pessimismo: duas vezes por semana seu jantar era uma página de um antigo exemplar da Constituição mexicana encadernado em couro. Engolia os bocados de papel com goles d'água.

O Línea Proletaria foi um movimento de filiação maoista que, entre meados dos anos setenta e começo dos oitenta, penetrou com sucesso nas estruturas sindicais da indústria metalúrgica mexicana. Fazia parte de um projeto maior, voltado para as massas, que abarcava tanto a classe trabalhadora como o setor rural, cuja última floração havia sido o zapatismo chiapaneco dos anos noventa. Sempre, claro, vivia sendo enxertado com ideologias neoliberais: hoje, quase todos os seus líderes ainda vivos são priístas de merda.

Cheguei à esquerda mexicana mendigando. Quando ficamos na miséria, meu irmão Saíd e eu às vezes íamos de porta em porta pedindo o que tivessem para nos dar: um cobertor velho, uma lata de feijão. Numa casa quem atendeu a porta foi um homem vestindo a clássica jaqueta jeans com lã crua que era parte do uniforme da AHMSA. Deu-nos como esmola um exemplar dos *Conceitos elementares do materialismo histórico*, de Marta Harnecker, um livro horrível e mentiroso que continuo amando com um fervor infantil. Disse:

— Venham amanhã cedo. Se ajudarem meu filho a limpar o pátio, dou uns centavos e mais alguns livros para vocês.

A partir desse dia começou minha doutrinação. Não sou nada mais que uma alma penada; pelas tardes lia consignas, velhos exemplares do *El talache* e textos maoistas ou marxista-leninistas na casa de um trabalhador. Mas à noite, sob a luz do lampião a óleo, desejoso de minha cabaninha desmantelada, decorava, consumido pela luxúria, o *Salomé* de Wilde.

Os sindicalistas honestos falam toda hora sobre seu cu. Não o citam pelo nome: referem-se a ele mediante as ações que o patrão, o fura-greve ou o pelego praticam nessa cloaca da consciência de classe. As frases mais comuns nesse tipo de diálogo são duas:

— Ele meteu e me arrombou.

E:

– Ele meteu em mim mas eu caguei no pau dele.
A primeira é uma desculpa. A segunda, uma consolação enigmática. Nos dois casos, o que mete é um filho da puta. O tipo de filho da puta que eu jamais quis ser.

Por exemplo, dom Carmelo.

Uma vez dom Carmelo tentou se engraçar comigo como fazia com seu filho. Não conseguiu. Não por sorte minha, pelo contrário: é que naquela época eu já havia acumulado experiência de sobra ao lidar com a sexualidade dos homens muito machos. Lamento falar mal da minha mãe agora que está agonizando, mas a verdade é que ela não cuidou de mim como deveria. E o ruim de ser filho de uma puta é que, quando se é criança, muitos adultos agem como se a puta fosse você.

Meu irmão mais velho teve de me salvar de ser violado em pelo menos três ocasiões antes de eu terminar o primário. Explicou-me com quais riscos eu teria de conviver até que adquirisse a estatura e a força de um homem adulto. Ensinou-me a me defender dos abusos. Mas, para salvar o cu, um menino tem de estar disposto a receber outros tipos de pancadas, igualmente duras. Por exemplo: uma vez, por volta dos 9 anos, alguém me mandou inconsciente à Cruz Vermelha porque me recusei a pagar um boquete.

Vivo acreditando que tive êxito em salvaguardar meu cu. Mas talvez me engane; pode ser que tenham metido duas vezes em mim algum dia e eu não me lembre. Meteram em mim mas eu caguei: minha mente bloqueou o ocorrido para me garantir um futuro feliz. Pode ser: minha mente é minha segunda mãe.

Uma manhã, acordei com uma ressaca particularmente obscura. O telefone tocava. Era a última época de meu namorico com Renata: meados de 2002. Tirei do gancho. Não reconheci a voz masculina que saía do aparelho.

— Sou editor — disse ele, sem se apresentar. — Estou fazendo para a Fondo de Cultura Económica um volume de crônicas sobre atos de violência no México. O título será *El libro rojo*, lembra? Muito bom, não é?

— Com certeza — disse eu. — Era aquela coleção romances de macaquinhos que a Novaro publicava nos anos setenta: apenas histórias de terror.

— Não, não, não, não, não — falou, um pouco incomodado, do outro lado da linha. — *El libro rojo*, cara: em homenagem à grande obra do século XIX de Vicente Riva Palacio.

Nunca li Vicente Riva Palacio.

— Ah, sim — respondi.

Aquele era, para mim, um período sexualmente prazeroso e literariamente depressivo: desejava ansiosamente, todos os dias, que um editor qualquer me telefonasse para compartilhar comigo sua genialidade insossa.

— Queremos te convidar — continuou o desconhecido — para escrever um dos textos. Já confirmamos os grandes nomes: Monsiváis, Sergio García Rodríguez, Aguilar Camín... Mas queremos abrir para os jovens. Você mora em Monterrey, não é?

— Em Saltillo.

— Isso. Você que está em Monterrey... — Alargava os intervalos entre as letras como um J. J. Jameson gente boa que tenta ganhar tempo para procurar em sua mesa abarrotada a pasta que deve estar debaixo da pilha toda: uma estética totalmente Marvel. – Aqui! Exatamente. Você poderia nos ajudar com a crônica sobre o assassinato de Román Guerra Montemayor.

– Posso, com certeza – respondi, sentindo primeiro uma descarga e logo um frio na espinha.

Sou (por um momento me perguntei se o editor ao telefone já o sabia de antemão) neto de um marxista alcoólatra que traiu o movimento ferroviário.

No fim dos anos 1950, Román Guerra Montemayor era membro do PCM e presidente do Conselho Local de Monterrey do Sindicato Nacional dos Ferroviários do México. Foi sequestrado em seu lar no dia 27 de agosto de 1959 e – segundo Pilar Rodríguez, sobrevivente dessa mesma operação – foi trasladado para o 31º Batalhão do Exército. Lá, foi torturado longamente até que, em 1º de setembro de 1959, dia do Primeiro Informe do Governo do presidente Adolfo López Mateos, faleceu por causa dos maus-tratos acumulados. Para continuar humilhando ele mesmo depois de morto e forjar uma suposta linha de investigação que desacreditasse o movimento, os assassinos – militares que nunca receberam qualquer castigo, como historicamente costumava acontecer e continua acontecendo neste país – jogaram o cadáver na vala da autoestrada Monterrey-Hidalgo. Haviam cravado um cabo de vassoura em seu ânus e passado batom em sua boca, com a infame intenção – duplamente infame – de fazer sua morte passar por um crime passional entre homossexuais.

Román Guerra Montemayor foi assassinado aos 26 anos. Esse dado quem obteve foi minha mãe. Ela o obteve do avô Marcelino, que conhecera pessoalmente o jovem líder sindical.

Naquela época, o padrasto da minha mãe trabalhava como mecânico de locomotivas nas oficinas de Monterrey. Poucas semanas depois de encontrarem o corpo de Román Guerra, Marcelino abandonou o movimento. Foi promovido a chefe de mecânicos e realocado na Casa Redonda de San Luis Potosí, sua terra natal. Minha mãe sempre sentiu um peso grande por causa das partes sujas dessa história. Não por dignidade (a dignidade, diz meu amigo Carlos Valdés, é uma utopia pequeno-burguesa), mas por quão dolorosos foram para meu avô os anos seguintes. Desde jovem havia sido um bebedor consistente, mas foi aquela última década e meia (de 1960 a 1974: dos 43 aos 57 anos) que o destruiu. A culpa ideológica o alcoolizou terrivelmente, causando-lhe humilhações, miséria física e enfim a morte.

    Aceitei de cara escrever a história de Román. Não pelo dinheiro. Tampouco (embora quisesse poder dizer que foi assim) por um amor à escrita ou por uma fidelidade a minhas origens biológicas e políticas. Foi por luxúria: era um bom pretexto para aumentar minhas visitas a Monterrey e comer o cu de Renata.

    Organizei uma primeira pesquisa: marquei visitas ao arquivo da cidade, à Quarta Zona Militar, ao jornal *El Porvenir* e à Seção 19 do STFRM. Agendei, também, uma sessão carnal com minha amante: às 18 horas, num motel de três horas com pornografia e jacuzzi.

    Ninguém sabia nada sobre Román Guerra. Ninguém queria saber nada. Como se perguntar por um dos milhares de cadáveres na conta do Partido Revolucionário Institucional por si só tivesse implícito um insulto contra a Suave Pátria. Como se o ponto de interrogação fosse crime federal por lei. Só no jornal consegui algo: recuperei do fundo de uma gaveta empoeirada os depoimentos (muito tardios) de Pilar Rodríguez e Rosario Ibarra de Piedra, e um artigo jornalístico que dava informações sobre uma denúncia contra quatro dos supostos assassinos: o capitão Bonifacio Álvarez, o juiz auxiliar suplente Félix Estrada e os sindicalistas pelegos Agustín Gómez Reza e Alfonso Escalera.

Na sede do sindicato (paredes bege, cheiro de Conasupo, máquinas Olivetti, cadeiras com o assento de plástico preto que imitava couro esmigalhado e com chicletes mastigados colados nas estruturas metálicas inferiores; Rádio Éxitos: estamos nos anos oitenta), quem me recebeu foi um cara moreno e barbudo disfarçado de Tony Montana que se apresentou, colocando-se de pé e ajeitando o paletó para deixar à mostra para mim sua pulseira de ouro e sua medalha guadalupana de ouro e seu revólver niquelado no cinto, como secretário-geral.

– Mas que assunto maldito, meu amiguinho. Ninguém lembra mais porcaria nenhuma disso.

Expliquei: o objetivo da crônica era, justamente, não deixar tal injustiça no esquecimento.

– Sim, meu amiguinho. Mas hoje em dia também existem algumas problemáticas. Existem injustiças. Por exemplo: aqueles viados da Sessão 23 de Saltillo vivem importunando injustamente, *injustamente*, o meu senhor secretário-geral nacional, Víctor Flores. E você é de Saltillo, não?

Assenti.

– Entende aonde quero chegar...?

Assenti de novo.

Deu um tapa na mesa.

– Fico feliz que a gente se entendeu.

Levantava para se despedir de mim com um aperto de mão quando soltei esta:

– E se eu tivesse credenciais? De jornalista, de pesquisador, ou uma carta oficial: algo que te mostre que minhas intenções são boas e exclusivamente acadêmicas? ("Acadêmicas" foi a única palavra que me ocorreu que poderia infundir algum respeito num líder sindical; que idiota, eu.)

Parado no meio do caminho, apoiado com as mãos na mesa, falou atropeladamente, após meditar um instante:

– Sim, claro. Mas que quem assine seja o próprio mandachuva da instituição em que você trabalha, não qualquer um da ralé. E você traz o documento primeiro pra mim, e só depois vai dirigir a palavra a qualquer um dos agremiados, hein?... Do contrário não respondo nada.

Falei que sim. Agradeci-lhe servilmente e saí de sua sala xingando em silêncio, com a convicção de que jamais voltaria ali. Ia quase ultrapassando a porta da sede quando uma senhora de uns 60 anos me alcançou e me chamou baixinho.

– Jovem.

Me virei. Colocou um papel na minha mão.

– Procure-o. Está muito doente, o coitado, tomara que te receba. Mas conhecia muito bem o Román. Lembra de tudo claramente.

Afastou-se antes de eu conseguir agradecer.

Desdobrei o papel. Estava escrito: Daniel Sánchez Lumbreras, um endereço no bairro Ferrocarrilera e um número de telefone.

Esperei por duas semanas as tão ansiadas credenciais: uma carta em papel timbrado com a assinatura de Consuelo Sáizar, que então estreava como diretora do FCE. O documento nunca chegou. O editor de *El libro rojo* se esquecera de mim; nunca serei um dos "grandes nomes". Eu também não estava me saindo melhor: tinha começado a ficar com preguiça da crônica e a última sessão de sexo com Renata deixou muito a desejar. Ela insistia:

– Come meu cu. Diz pra mim que você gosta de comer meu cu. Diz que meu cu é gostoso.

Mas sem convicção. Eu repetia suas palavras com a mesma monotonia. Comecei a suspeitar que Renata havia arrumado um outro amante, alguém que de fato sabia dialogar com essa parte de seu corpo como se fosse uma besta viva e não um fantoche.

Decidi fazer um último esforço e, desafiando sub-repticiamente o líder ferroviário, liguei para Daniel Sánchez Lumbreras para marcar um encontro.

– Sim, sou eu – respondeu uma voz metalicamente senil do outro lado da linha. – Diga.

Meio consternado por uma angústia difusa que me fazia gaguejar, tentei explicar o projeto em detalhes. Ele não me interrompeu em nenhum momento: limitou-se cortesmente a soltar um murmúrio de aprovação enquanto escutava meu vago discurso. No fim respondeu, com um ligeiro tremor na fala:

– Não sei se a memória deste velho vai te servir para alguma coisa, senhor. Mas estou às ordens.

Uma mistura rara: parecia emocionado e ao mesmo tempo cético. Aceitou me receber no domingo seguinte. Contatei Renata, para saber se ela também estaria disponível. Renata enrolou mas finalmente disse que sim. Esclareceu que só poderíamos nos ver por uma hora e meia: tinha combinado de ir ao cinema com o namorado à noite.

Daniel Sánchez vivia numa maciça construção de madeira situada num maltratado enclave da velha Monterrey, a duas quadras dos trilhos. Mais que deteriorada, sua casa parecia moribunda: notava-se que a haviam importado dos Estados Unidos décadas antes, já montada. As sucessivas camadas de tinta a óleo que cobriam as tábuas descascavam e se pulverizavam sob a luz do meio-dia, dando ao conjunto a aparência de estar coberto por uma minguante pelagem reflexiva. Dom Daniel me recebeu na varanda, sentado numa austera cadeira metálica enferrujada. Calculei que teria pouco menos de 80 anos. Vestia uma desbotada calça azul-petróleo em poliéster, cinto e sapatos pretos e uma camisa branca quase transparente desabotoada até a metade da barriga, por baixo da qual podiam-se ver a pelugem completamente branca de seu peito e a gola de sua regata branca de algodão. Estava com um boné dos Sultanes.

– É você o compadre? – me perguntou, levantando-se penosamente, com um ar serviçal. Fiz que sim, e ele acrescentou:
– Quer café, compadre...? Tenho Bustelo, meus meninos que me mandam da Flórida. É bom para o calor.

– Claro, dom Daniel – disse, só para me certificar de que estava falando com a pessoa certa.

Entramos na casa: era uma penumbra só. Todas as janelas estavam com as cortinas fechadas. Mal dava para andar pelos cômodos, repletos de móveis e caixas de papelão cheias de tralhas e papéis. A cozinha, ao contrário, situada ao fundo, era muito iluminada: a porta e a janela que davam para o pequeno pátio traseiro estavam abertas e o escasso mobiliário consistia em uma mesa circular de fórmica e alumínio, um velho armário branco, uma cadeira de madeira e uma churrasqueira elétrica alaranjada e acomodada em cima de caixas de feira.

– Deixa eu te explicar uma coisa – disse ele, enquanto fervia a água e colocava colheres de açúcar em duas canecas de cerâmica importadas. – Eu fiquei viúvo há dez anos. Tive um rapaz e uma mocinha, mas faz muito tempo que se mudaram para o outro lado. Tenho uma namorada, mas quase não a vejo porque a velhice me cansa muito, me envergonha. De modo que o único que me resta são meus compadres. Sabe quem são?

Respondi que não.

– Todo mundo que vem aqui. Quase todos são velhinhos como eu: se lembrarmos, nos encontramos para jogar dominó a cada quinta. Que tal?

– Muito legal.

– Outros compadres – prosseguiu – são como você: garotões bem-criados. E às vezes, como você, vêm porque querem saber das coisas de antes. – Colocou duas generosas colheradas de Bustelo dentro da água fervida, apagou o fogo, jogou na mistura um pouquinho de água gelada e, pegando a panela de estanho com um pano, despejou o café nas duas canecas por um coador, com uma firmeza surpreendente no pulso. – Mas isso é raro. O mais comum é que sejam pessoas piedosas que o desgraçado do padre manda até nós, ou parentes de parentes que vêm pagar um favor... Que tal lhe parece?

– Ótimo.

Sánchez Lumbreras sorriu para mim com sua primorosa dentadura.

– Você vê... Já estou começando a viajar aqui.

– Não, claro que não – respondi nervoso.

Ele moveu a cabeça sem deixar de sorrir.

– Então, você está de acordo?

– Com o quê?

– Você sabe, em ser meu compadre.

– Claro que sim.

Voltamos à varanda.

– Pega uma dessas cadeiras dobradas, compadre – disse ele ao atravessar o que alguma vez foi a sala de sua casa e agora parecia uma mercearia desordenada.

Nos instalamos sob a sombra do beiral da construção.

– Ninguém precisa me contar nada sobre Román Guerra Montemayor – começou. – Eu vi com meus olhos. Tão jovem e tão estúpido.

Após essa declaração de princípios, prosseguiu me contando sua vida: a juventude picaresca; o casamento e a viuvez; a constante decepção com os dois filhos até que se converteu a um protestantismo chicano do tipo Martin Cruz Smith; a farra no trabalho; a pequena glória da aposentadoria; o saboroso erotismo que se apresenta aos homens de bem quando chegam à idade dos patriarcas... Curiosamente, a maior parte de seus casos gloriosos não tinham nada a ver com o movimento nem com os anos da maturidade ou da juventude. Quase todas as histórias se passavam nas décadas de oitenta e noventa: época que claramente considerava o período mais feliz de sua vida.

Depois de mais ou menos uma hora e meia, tentei dirigir suas divagações.

– E o que me diz do movimento ferroviário? Como começou a greve?

Sua resposta me fulminou:

– Há muitos livros que falam disso, compadre. Você não sabia...? Não acho que seja necessário importunar um velhinho para obter informações simples como essas.

Monologou de maneira egocêntrica por mais algumas horas. Insistiu em sua inquebrantável fidelidade matrimonial. Falou da avalanche de namoradas que teve após ficar viúvo ("Muitas mais moças: nenhuma passava dos 60.") Falou em detalhes de umas quantas doenças:

– Um dia parei pra mijar e eis que começa a sair um pozinho marrom da ponta do meu pinto. Pó, não: uma lamazinha. A parede que separa a bexiga dos intestinos tinha furado.

Aproximava-se a hora de meu encontro com Renata.

– Vou ter que ir nessa, compadre. Tenho um encontro com outra pessoa.

– Vai lá então – disse Daniel Sánchez Lumbreras, franzindo a testa, sem olhar para mim.

Já de pé junto ao portão de entrada da varanda, tomei coragem e insisti:

– Não tem mais nada que o senhor queira me contar sobre a morte de Román...? Algo em especial que se lembre?

Seus olhos ficaram nublados.

– É como eu disse, compadre: há livros sobre isso. O que eu posso acrescentar ao que eles dizem? Você já perdeu algum amigo?

Fiz que sim, lembrando de David Durand e Cuquín Jiménez Macías.

– Então. É que, para mim, Román foi aviltado. Não pelos milicos: por pessoas de bem e honradas como você, que insistem em evocar sua memória como exemplo de martírio sindicalista. Por mim, melhor seria se tivessem deixado que seu nome apodrecesse com seu corpo na beira do caminho com um cabo de vassoura no cu.

Eu já estava começando a ficar atrasado. Abri o portão da grade. Atravessei-o. Atrás de mim, não muito distante, ouvi os lentos freios de um trem deslizando pela ferrovia que cruza o coração da velha Monterrey.

– O que esperava que eu dissesse, compadre? – disse Daniel Sánchez Lumbreras, levantando-se penosamente e enfim olhando para mim. – Que foderam com meu amigo...? Foderam com ele. Meteram e arrombaram ele. E então meteram e arrombaram também a todos os demais, a nós. Porque ficamos com um frio na espinha. Conseguiram o que queriam: ficamos com medo. Ficamos com medo e mandamos o movimento às favas. Queria que eu dissesse o quê, compadre? Que vou fazer 76 anos e tive uma vida feliz graças a um torturador filho da mãe que me ensinou o que era a justiça mexicana ao prostituir o cadáver do homem mais puro que conheci...? Eu digo então, compadre. Eu digo então.

– Agradeço muito, dom Daniel, de verdade – disse eu, da calçada. – Mas tenho mesmo que ir.

– Vocês *letrados* não entendem nada – respondeu, com uma cansada expressão de deboche. – Essa é a única coisa em que concordo com os opressores. Vocês acreditam que a Revolução era um espírito perfeito como a Virgem de Guadalupe. Boa sorte na vida, compadre.

Com certeza nunca fiz amor tão mal quanto naquela tarde: não consegui tirar da pele a sensação de que meu pau era um cabo de vassoura e o cu de Renata o corpo de Román Guerra Montemayor. Não a violava em sua carne, mas em seu espírito: nunca estive disposto a trepar com ela livremente, sem complexos. Sempre a vi como um fantasma prostituído *do belo*. Minha atitude, descobri enquanto ejaculava, era a mais perfeita expressão do egoísmo burguês ignorante: converter o sublime num centro de mesa. Conversar com os irracionais poderes da beleza usando a linguagem do boletim meteorológico.

Nunca escrevi a crônica literária sobre Román Guerra Montemayor.

Nunca voltei a ver Renata, a menina da previsão do tempo: retrato vívido da Vênus emergindo das águas.

10

Uma vez, quando éramos crianças, na hora do jantar, mamãe disse, out of the blue:
— Se algum dia tivermos dinheiro para ir morar em outro país, eu adoraria que a gente fosse para Havana. Em Cuba os pobres são mais felizes que em qualquer outro lugar do mundo.

Era a época em que começávamos a viver *que nem gente*: 1980. Nossa casa no bairro de Alacrán dava seus primeiros frutos.

Pouco depois, quando assistimos em nossa primeira televisão à abertura dos jogos olímpicos de Moscou (todos adorávamos o Misha), mamãe comentou, pensativa:
— É, também poderíamos ir para a União Soviética... Mas dizem que lá faz um frio dos infernos. Ou seja, com certeza não vou querer sair para trabalhar de noite.

Donde se conclui que, aos 30 anos, minha mãe era uma comunista fantasiosa, odiava o frio e possuía uma intuição antropológica mais aguda que a do Fidel: sabia que as revoluções também precisam de prostitutas.

11

Eu disse a Bobo Lafragua:
— Não sei por que reprovamos tanto Cuba.
Estávamos bebendo um negrón no beco de Hamiel. Era antes do meio-dia.
— Esta ilha foi simplesmente o coração do nosso tempo — prossegui. — Pornografia e revoluções falidas: isso é tudo o que o século XX conseguiu dar ao mundo.
O público começava a se reunir.
Alguns dias antes, meu amigo havia solicitado permissão oficial para improvisar uma performance em Hamiel "com a intenção de homenagear o maior expoente da linguagem popular na poesia latino-americana: o único poeta que soube fundir na mesma página a negritude, o sentimento revolucionário e a música". Arrebatados, nem os censores nem os jornalistas que cobriram o evento perguntaram o nome do poeta em questão: todos supuseram que se tratava de Nicolás Guillén. Eu, que conheço os meus, soube desde o início que Bobo se referia a Guillermo Cabrera Infante. Bobo é assim: sempre encontra um jeito de fazer você se sentir em casa poucos minutos antes de desferir-lhe um jab.
Respondeu-me, enumerando com os dedos:
— E música, e sem-vergonhice, e cores, e uma farra de rua que não se dispersa com tiros, e trepar até se quebrar em quatro

partes: pensa que seus antepassados católicos e astecas nunca foderam desse jeito... É: não sei por que reprovamos tanto Cuba. Ficamos em silêncio.

Bobo acrescentou:

– Essa sua ideia é provocante. Simplória, mas provocante. Gosto disso. Vou fazer uma arte digital sobre Cuba com o seguinte título: *O casamento entre a Revolução e a Pornografia*. Uma peça gráfica photoshopada e kitsch com uma mulatona pelada chupando meus mamilos e a praça da Revolução ao fundo, numa composição copiada de uma gravura de William Blake. Vai vender que nem água, você vai ver. Sobretudo entre os imperialistas de esquerda.

As autoridades chegaram. Um decano se aproximou de meu amigo e lhe disse que estava na hora de começar. Bobo se levantou e se dirigiu ao interior do barzinho para trocar de roupa. Após alguns minutos, eis que surgiu, vindo da alcova, trajando um impecável smoking branco idêntico ao de Rick em *Casablanca*. Carregava um alto-falante numa mão e um daiquiri na outra. As olheiras de várias noites de gandaia davam a sua alma uma sublime aura bogartiana. Ainda não era nem a hora do almoço. Bobo ergueu seu daiquiri com a mão esquerda, como quem faz um brinde, e começou a falar pelo alto-falante:

– *Showtime!* Senhoras e senhores *Ladies and gentlemen*, bem-vindos ao grande mito coletivista e afável, *welcome to the most popular and friendly myth*, nossa Noite dos Tempos socialista e tropical... Prepare-se para o que vem aí: o outono do patriarca. Prepare-se para ser hospedado por um povo de príncipes. Para a cruel descortesia e para a beleza que envenena. Para sorver o último suspiro de um som dançado entre veneráveis e sutis vendedores de cocaína que te seguem discretamente até a porta do banco e te chamam sussurrando: "México, México." Prepare-se para ser oferecido como uma besta comestível à base de iscas de porco em meio a um público de pessoas magrinhas. Prepare-se para ser recebido em tudo que é lado com a mesma cortesia que receberiam um gângster, graças a seu cartão Visa. Prepare-se para se ver relegado, em *Coppelia*, a uma modesta e solitária barraquinha de madeira. Prepare-se para subornar. Prepare-se novamente para o mar. Prepare-se também para entrar na piscina: o fio dental de uma mulata que poderia ser virgem se isto não fosse o paraíso. Prepare-se para ser cortejado pelo mais temível harém de mulheres. Prepare-se para Elvis Manuel galanteando entre moças belas e radioativas – e aqui Bobo Lafragua cantava: – que se me parte la tuba en dos, que se me parte la tuba en tres, cuando te coja yo te voy a dar, ay, tres de azuìcar y dos de café – e depois prosseguiu imitando a voz de Lezama: – ai de você se fugir pela janela de um sobrado para se livrar desse reggaeton.

Fazia – com impudicos gestos que lembravam um doutor em sociologia gringo, asqueroso e bonachão, dando uma palestra em algum auditório universitário do terceiro mundo – uma pequena pausa para dar um longo gole de canudo em seu daiquiri. Depois erguia novamente o alto-falante e retomava deste modo:

– Prepare-se para se emocionar novamente com as velhas frases e lemas da infância: "Pátria ou Morte Venceremos / Senhores imperialistas não temos um pingo de medo de vocês / e as fotos de George Bush / e Posada Carriles / com dentes de vampiro / junto a uma escandalizada Estátua da Liberdade /

num espetáculo abertamente burguês / Prepare-se / para o som animal / de 138 bandeiras pretas."

Nesse momento Bobo jogava o alto-falante no chão, dava outro gole e gritava, fazendo movimentos que (na visão de um militante frívolo como eu) lembravam os personagens de um velho desenho animado clássico cubano:

– Preparem-se, *ladies and gentlemen*, *madams et monsieurs*, senhoras e senhores, para o grande filme do futuro: *Fantasmas em Havana*.

E de um só gole sem canudo finalizava o resto de seu daiquiri, ainda que, claro, tanto gelo lhe daria uma enxaqueca nos minutos seguintes.

Aproveitando que o público ficara perplexo e confuso, Bobo se aproximou de mim, passou o braço sobre meu ombro e, desfazendo o nó de sua gravata-borboleta e me empurrando por entre as cadeiras em direção ao outro extremo de Hamiel, que dá na escadaria da universidade, disse:

– Vamos nessa.

Saímos de fininho.

– Temos que nos perder o resto do dia – disse eu – e aproveitar o máximo possível o tempo que nos resta na ilha. Porque no mais tardar amanhã vão nos deportar.

Bobo se encurvou um pouco e, fazendo um air guitar, imitou a voz da dupla Faísca e Fumaça sem perder a graça e a elegância que o smoking lhe dava:

– *Cuando salí de La Habana, válgame Dios...*

Na escadaria da universidade havia uns moleques jogando bola. Ficamos observando-os um pouco. Depois descemos pela rua Infanta até a Doña Yulla. Pedimos uma cerveja Polar e coqueteizinhos de ostras em copos. Algum tempo depois chegou Armando, um dos motoristas da secretaria municipal de cultura. Por um momento pensamos que tinham-no enviado atrás de nós dois, mas se comportou como se não soubesse de nada: sem cumprimentar, sentou-se quase a nosso lado com seu rosto cheio de marcas e os olhos cor de mel quase idênticos aos meus. Pediu:

– Pra mim o mesmo que os rapazes aqui. O dos dois, só pra mim. Preciso alcançar eles.

E sorriu, olhando-nos de lado.

Bobo pegou a carteira e pagou adiantado o consumo de nosso anfitrião. Deram-lhe o troco em pesos cubanos, que para nós era como panchólares: ninguém aceitava da nossa mão, em lugar nenhum.

– Isso vai dar merda, Armando – disse Bobo. – Quero fazer outra coisa.

Armando encolheu os ombros.

– Estou de folga neste turno e trouxe o ônibus. Se quiser te levo comigo para Regla, ou para Santa María del Mar, ou para as Zonas.

Passeamos com ele o resto da tarde. Atravessamos o túnel para ir às Zonas mas não havia nada lá: edifícios habitacionais arruinados cuja disposição caótica (o F perto do B; o H próximo ao M) apenas confirmava a sensação de pesadelo com que começávamos a perceber a cidade. Depois fomos a Santa María del Mar: areia deserta, banheiros fechados, galpões oficiais vazios. Bobo Lafragua tirou os mocassins e as meias, dobrou a calça do smoking e deixou que as ondas o acariciassem.

– Acontece que nós aqui de Havana não vamos à praia às terças – desculpou-se Armando. – O transporte é difícil e somos

um povo trabalhador. Mas você não tem ideia da festa que isso aqui vira num domingo. Nos fez caminhar até um extremo da praia para mostrar o que descreveu como "um local histórico": duas ou três piscinas naturais onde o mar batia contra umas pedras negras. Disse:
— Era daqui que saíam as balsas na época do Período Especial. Foi aqui que me despedi de metade das pessoas que amo.
A embriaguez de Bobo estava começando a passar, o que costuma deixá-lo de muito mau humor. Tentava refazer o nó da gravata de seu smoking. Respondeu:
— Tá, tudo bem, mas não se preocupa: nós vamos ser deportados por avião. Sabe o que eu queria fazer agora? Queria cortar o cabelo. Cortar todo. Vou raspar.

Armando deu uma gargalhada. Foi andando até seu veículo chinês e o trouxe para onde estávamos. Falou para entrarmos e dirigiu na direção oeste, de volta à Havana Antiga. Antes de nos deixar a poucas ruas da praça de Armas, disse:
— Você tem que ir à Casa de México. Atravessa e segue reto aqui. Dois quarteirões depois da Casa de la Poesía, dobra à esquerda. Lá você vai ver uma barbearia de negros.

Piscou para a gente pelo retrovisor.

Saltamos do veículo. Armando saiu também e se despediu de nós com um abraço em cada um. Trazia na mão um pacote de papel branco com etiquetas estampadas em tinta azul muito crua; algo semelhante ao envoltório de um quilo de farinha de trigo. Depois de me abraçar, me deu o pacote.
— É tabaco. Não é nem Cohiba nem Montecristo mas é bom: é o que a gente fuma. Cuida bem desse negócio, México, você não tem ideia do que me custou para conseguir isso sem que

anotassem no livreto do racionamento. E fuma logo, porque você não vai poder levar contigo.
Coloquei a mão no bolso procurando minha carteira.
— Vem aqui, muito cuidado. É um presente. Para você se lembrar — sorriu e apontou com a cabeça para Bobo Lafragua, que já cruzava a avenida para pedir um mojito num dos quiosques do malecón — dos seus irmãos fantasmas.

No cabeleireiro estava armado o maior alvoroço. Os vermelhos de Santiago, depois de começarem atrás, estavam dando um sacode nos Industriales de La Habana. A série estava empatada em três partidas a três e justamente naquela noite jogariam a decisão (dias depois soube pela imprensa que o Santiago ganhou o campeonato). O cabeleireiro e seu assistente torciam pelos azuis. O policial e outros presentes eram Santiago, assim como meia Havana, de modo que a algazarra prometia durar. Todos, dentro do aquário de 4 × 3 metros que era o cabeleireiro, gritavam. Estavam tão absortos em sua paixão que, em vez de nos perguntarem o que queríamos ou nos cortarem logo o cabelo, cederam-nos as cadeiras de barbeiro e nos passaram a tigelinha de alumínio na qual estavam bebendo por turnos uma cachaça encorpada caseira.

Depois de mais ou menos uma hora, convencidos de que não nos atenderiam mas agradecidos e chapados de cachaça, Bobo e eu nos levantamos das cadeiras de barbeiro e nos dirigimos à porta.

— Espera aí, México — disse o policial: todo mundo em Cuba sabe que você é mexicano quando veem sua barriga. — Vem cá, me diz uma coisa: qual é o seu time?

Sou um narcotraficante honesto. Para honrar a sagrada pedra de ópio que havia trazido comigo na intenção de derrubar a ditadura da Revolução (e que, àquela altura, era apenas pura nostalgia para minhas vias respiratórias), disse:
— O único: Industriales.

A confusão voltou a pegar fogo. Bobo e eu aproveitamos para escapar pela porta e rumar em direção ao centro de Havana. O sol estava se pondo.

Vagamos um tempo pelas ruas que iam surgindo em meio à escuridão. Só víamos cachorros vira-latas, pequenos e mansos, mais de um com sarna. De vez em quando topávamos com uma porta aberta e uma luz acesa: reconhecíamos algum tipo de estabelecimento. Como qualquer noite capitalista, a noite de Havana tem seus pequenos comércios. A diferença não é espiritual, mas materialista e histórica: as vitrines e estantes do centro estão sempre, salvo por uma ou outra garrafa de rum sem etiqueta, vazias. Andando assim, nos esquivando de vendedores de carimbos de alfândega piratas e perseguindo com os olhos negras gordas e voluptuosas sem sutiã, chegamos ao encontro de três ruas com nomes que passariam facilmente por hexagramas do *I Ching* ou símbolos num altar de sacrifícios asteca: Zanja, Cuchillo e Rayo: o Bairro Chinês.

— *Forget it* — Lafragua disse, imitando Jack Nicholson: — *it's Chinatown*.

Entramos num estreitíssimo e serpenteante beco com restaurantes. Bobo escolheu o estabelecimento que parecia mais caro. Sacudiu as abas do smoking e disse, estendendo uma nota de vinte cucs para uma hostess baixinha de traços e roupas orientais:

– Queríamos o salão executivo, por favor.

A hostess fez uma reverência e nos conduziu até o fundo do recinto, entre mesas apertadas e cheias de clientes. Subimos uma escada e atravessamos duas portas consecutivas. O salão executivo ocupava metade do segundo andar. Consistia em uma sala de jantar com oito ou dez lugares, uma varandinha e uma pequena sala de entretenimento equipada com um sofá de couro e uma televisão de plasma de 24 polegadas.

Bobo Lafragua se atirou para pegar o controle remoto da televisão. Ligou-a. A única opção que aparecia na tela era um interminável catálogo da música pop chinesa, em versão caraoquê.

– Já vou mandar um garçom vir atender vocês – disse a hostess, com um sotaque angelical.

Bobo se limitou a perguntar e responder:

– E onde está o microfone...? Ah, achei.

A hostess saiu.

Por uns minutos, a única coisa que se escutava no salão era o barulho vindo do térreo de louças batendo e a enjoativa harmonia pentatônica que vinha da televisão. Eu fiquei na varandinha, no outro extremo da sala de jantar, olhando para a rua. As luzes de Havana brilhavam desesperadamente. Não eram luzes de cais, mas esparsas luzes de casinhas. Lembrei de uma anedota que minha mãe costumava me contar: que do porto de Progreso, em Yucatán, é possível ver as luzes de Havana e dar boa-noite ao valente Fidel Castro. Dedicar-lhe um bolero: *flores negras del destino nos apartan sin piedad*.

Bem nesse momento, Bobo Lafragua soltou sua bela voz de bluesero:

– Chi mu ke pe o ni yu, chi mu yang, o ni yu. Chi mu ke pe chi mu yang, ni mu ni mu num.

A letra que inventara se encaixava perfeitamente na melodia da televisão. Ficou de pé e, sem parar de cantar, começou a imitar, com o microfone na mão, os trejeitos de Emmanuel e Napoleón.

– Não fode, Bobo.

– Soo, too, ni-mu-yang. Soo, too, ni-mu-yang. Ka tu yan go wo.

Tirou do bolso interno do paletó de seu smoking um pequeno pente. Jogou-o para mim e eu o peguei no ar. A simetria entre esse convite e minha primeira lembrança musical e revolucionária me pareceu impagável. Decidi entrar na brincadeira: usando o pente como microfone e imitando toscamente as coreografias dos Menudos, cantei:

– Soo, too, ni-mu-yang. Soo, too, ni-mu-yang, ka tu yan go wo, ka tu yan go wo.

O garçom que viera anotar os pedidos ficou desconcertado. Tentou falar conosco em espanhol e depois em chinês. Nem nos viramos para ele: estávamos absortos tentando criar uma nova coreografia a partir de passos muito conhecidos dos anos oitenta.

– É-go-ne ma yu a-á, é go-noh, go-noh-ke.

Chamaram o gerente. O escândalo (àquela altura já cantávamos aos gritos) atraiu alguns clientes. Alguns riam por dentro. Outros nos observavam com ares de reprovação. "O que mais poderia acontecer", pensei, "não podem te deportar duas vezes do mesmo rio".

Nos expulsaram do restaurante aos empurrões. Nós não conseguíamos parar de rir, de dançar e de cantar enquanto descíamos a escada e passávamos entre a clientela apertada do térreo e seguíamos pelas ruas com nomes perfurocortantes como Zanja, Cuchillo, Rayo, e para além do Bairro Chinês (*Forget it: it's Chinatown*), caminhando e dançando e correndo e dançando em zigue-zague pela exata divisa entre a Havana Antiga e o centro, ruas de pedestres, avenidas e locais históricos, Paseo del Prado, Floridita, Casa de la Música, o Granma em seu museu, quiosques do malecón, o Hotel Nacional inclinado em cima e embaixo, El Gato Tuerto, o posto de gasolina onde os gays se reúnem, o local das bandeiras onde menininhas observam em sua selva de *lipstick* a presa gorda de italianos tontos, retornando depois rua acima em direção a Vedado para perto do cinema Yara pedir a um amigo taxista cigano que nos levasse de volta a Miramar, sem parar de rir, de dançar, de cantar:

— O-ha-no-he-la-fo ha no no ha no, ke-re-ke-ne-la-fo ha no no ha no, yu-ni-yu-e-la-fo ha no no ha no, haaaa-no, haaaa-noooo...

Minha mãe não é minha mãe: minha mãe era a música.

FEBRE (2)

... sabemos com certeza que nem a psicanálise – que acredita servir, a princípio, como realidade – pode se abster de sua correspondente forma de dominação social, e assim, sem querer, acabar ficando a serviço do sistema repressivo dessa dominação, com sua moral e seus preconceitos. [...] Apesar de tudo, os fantasmas neuróticos não são simplesmente regressivos; em seu âmago, são revolucionários, pois oferecem um substituto a uma "realidade" inumana.

Ígor Caruso

Começa uma segunda-feira.

Primeira nota do caderno vermelho
É tudo uma série de mentiras. Sou um reprimido. Nunca pratiquei sexo anal. Bobo Lafragua só existe em minha imaginação. Conheço perfeitamente várias línguas chinesas. Ninguém encontrará em Havana um antro chamado Diablito Tuntún. Eu nunca fui a Havana. Minto: quase estive em Havana uma vez. Minto: uma vez fui a Havana mas não consegui ver absolutamente nada porque passei as noites trancado, com febre, morrendo em minha cama de hospital, deprimido e sozinho, conectado à máscara negra. De manhã e de tarde trabalhava (em meu habitual papel de mercenário ou prostituta da literatura) como escrivão de uma seita presidida por Carlos Slim: uma secreta confraria de empresários latino-americanos de ultradireita que já começam a planejar o futuro da ilha após a morte de Fidel.

Minto: a milagrosa medicina cubana curou minha mãe da leucemia.

Minto:

Assim, partindo da febre ou da psicose, é relativamente válido escrever um romance autobiográfico no qual a fantasia também passeie. O importante não é que os acontecimentos sejam verdadeiros: o importante é que a doença ou a loucura o sejam. Você não tem o direito de brincar com a mente dos outros a menos que esteja disposto a sacrificar sua própria sanidade.

Segunda nota do caderno vermelho
This is the way the world ends: not with a bang but with a whimper. O que tento, claro, não é transcrever a dor, mas pensar de maneira mórbida.

Escrevi a história de uma viagem a Havana baseando-me nas notas que tomei durante um Período Especial de alucinações. Procurei, na medida do possível para mim, combinar três entidades estilísticas:

1. as notas *verdadeiras*, muitas das quais eram, infelizmente, ininteligíveis (tenho a impressão de que os escritos no caderno eram cômicos e trágicos, diferentes da frieza de meu resumo);
2. a percepção do momento febril (ou melhor: o pouco dessa percepção que pude guardar na memória), algo que obviamente não é mencionado nas notas originais (ninguém que delira é imbecil o suficiente para perder o delicioso fio de sua loucura tentando descrevê-la) e que tentei reproduzir através da ficção do ópio;
3. e, claro, um imperativo vaidoso e frívolo: tentar escrever *bem*, seja lá o que isso significa.

Vejo meu quadro infeccioso com amor. Vejo os antibióticos com uma paranoia suicida. Sinto muito: não posso verter essa verdade interna à insignificante linguagem da medicina alopata.

As notas lógicas de meu diário me entediam muito:

Anteontem minha febre subiu a 41 graus. Eu estava inconsciente. Aurora e Cecilia, duas enfermeiras do turno vespertino, me colocaram no chuveiro. Injetaram-me um grama de ceftriaxona intramuscular. Obrigaram-me a ingerir 500 miligramas de paracetamol. Mandaram-me para casa. Por três dias continuei o tratamento, sem dramas. Estou na metade. Sinto-me melhor. Faltam três dias para que o doutor O. me dê alta.

Que caralho significa toda essa merda bem-arrumada?

Minha performance consiste em me deixar contaminar por todos os germes possíveis e padecer de febre até minhas pupilas girarem para dentro. Para além da experiência estética que a própria doença desencadeia, não farei mais subprodutos que um caderno de bitácula. Tenho de lançar mão do mecanismo da literatura, mesmo que muitos de meus espectadores o considerem uma língua morta: de outro modo, a intervenção seria apenas como uma manchinha leve. Tenho de escrever para que aquilo que penso se torne mais absurdo e mais real. Tenho de mentir para que o que faço não seja falso. Não pretendo chantagear ninguém com este projeto: empreendo-o porque sou um artexcessista.

"Artexcessista" é um conceito que Bobo Lafragua e eu cunhamos para dar dignidade ao ofício criativo mais congruente de nosso século: o excesso. Somos os opiáceos e testas de ferro de uma vulgaridade que mil anos atrás era considerada sublime.

Não pretendo convencer ninguém de que há arte em tal excesso. Lancei mão dela porque é o último recurso que me resta para me aproximar da sensibilidade. Não acredito nas ilusões da nova carne nem nas inteligências arbóreas de Moravec nem na religião infomercial do *couch potato*: não acredito no Além-tela. O que quero é que alguém acaricie por dentro minha antiga carne, feita de gordura e cicatrizes. Se o mundo não me beija, que me beije a febre.

Estou sem o diário mencionado e não lembro de nada do que teria escrito nele. Ou o perdi durante meus dias de convalescença ou ele nunca existiu: é outra alucinação.

A história por trás da deriva dessas anotações desconexas subjaz na terceira e última nota do caderno vermelho em que costumava registrar os gastos gerados pela estadia de mamãe no hospital. É o texto mais breve e enigmático, mas também (não para você, para mim) o mais revelador:

Terceira nota do caderno vermelho
Matem o dândi do sul.

No verão de 2007 celebrou-se a Semana de Coahuila em Havana. Participei do evento trabalhando na organização: naquela época eu era funcionário do Instituto Coahuilense de Cultura. Comecei a me sentir mal alguns dias antes da viagem de volta. Nada grave: uma leve febre intestinal. O problema é que, logo que cheguei de Cuba à Cidade do México, peguei outro avião para Tijuana, onde devia dar um curso. Passei uma semana trabalhando no Cecut. Fingia; tenho a perigosa habilidade de fingir estar saudável. Não é tão complicado: se você estiver intoxicado a maior parte do tempo, as pessoas ao seu redor se acostumam a ler seus gestos através dessa pátina do mal-estar. Nem preciso dizer que aliviava a febre com álcool. Os rapazes da oficina me levavam todas as noites a um bar tradicional situado na Calle Sexta: Dandy del Sur. Lá nasceram Bobo Lafragua e o título de um romance que nunca consegui escrever: *Matem o dândi do sul*.

Antes de voltar a Saltillo deveria passar também por uma feira do livro em Los Mochis. Os encarregados de meu transporte me deram o itinerário mais cruel: voaria de Tijuana para Los Mochis ao amanhecer, ficaria lá apenas uma noite e depois, novamente ao amanhecer, voaria sem nenhum motivo para Guadalajara, onde faria uma escala de três horas e finalmente voaria para Monterrey, onde Mónica me buscaria para me levar para casa. Após esse périplo passei duas semanas hospitalizado: a febre intestinal havia se transformado numa grave infecção.

O argumento de meu romance se pretendia simples: Bobo Lafragua, artista conceitual mexicano, decide, numa viagem entre Havana e Tijuana, realizar a monumental performance de contrair febre de propósito e insistentemente a fim de registrar por escrito seus delírios. Desde o começo concebi o personagem como uma espécie de amigo imaginário, um Frankenstein psicológico montado com traços de quase todos os homens que amo. As peripécias seriam pastiches de fragmentos de romances do século XX sobre o Mal e a doença; preciso dizer que o principal motivo condutor seria *A montanha mágica*...?

Alguns capítulos incluiriam descrições das obras de Bobo Lafragua – narrar obras de arte conceitual é um gênero literário emergente. Uma de minhas favoritas era esta:

> Num cômodo de uns cinquenta metros quadrados com paredes brancas colocou-se um forro de acrílico transparente a um metro e meio do chão. Se você quiser entrar, precisa quase engatinhar. Sobre o acrílico colocaram-se manequins de pé: avatares de pessoas caminhando numa placa transparente em cima de sua cabeça. O piso é confortável: acarpetado e com almofadas. Há inclusive livros para se você quiser parar tudo e ler. Num canto do cômodo há uma frase escrita na parede, bem perto do chão: "A angústia é a única emoção verdadeira."

A febre acabou sendo demais para mim: não tenho nem metade da coragem de Bobo Lafragua. Um dia passei quatro horas a sós com uma dor aguda que ia do ouvido médio até os molares. A dor se movia com tal precisão que eu podia sentir em quase todo o corpo cada um de seus passos: partículas de tormento. Afundei a cara no travesseiro mas o travesseiro era um inferno. Quando a febre cedeu, decidi jogar no lixo o personagem e o romance.

Há personagens que simplesmente não vão embora. Esperam pacientemente que você tenha um breakdown para vir te cobrar o que deve a eles.

A primeira fase da leucemia de minha mãe ocorreu entre outubro e dezembro de 2008. A segunda, em junho do ano seguinte. Embora sua primeira estadia no hospital tenha sido a mais longa e dolorosa, consegui atravessá-la com relativa paz de espírito: escrevia, mantinha-me sóbrio, portava-me de maneira digna. A recaída, por outro lado, foi algo que não consegui tolerar. Na época, Mónica estava grávida de seis meses e toda minha energia moral e meus medos estavam focados na paternidade que se aproximava.

Eu havia começado a desmoronar dois dias antes do primeiro encontro com Bobo Lafragua. De manhã comprei um grama de cocaína, o qual consumi em três idas ao banheiro de visitas do HU. Não me bastou: ao meio-dia liguei de novo para o cara que vendia e pedi que me trouxesse crack. Idealizei uma maneira engenhosa de fumá-lo. Aproveitando a hora da refeição, fui a uma loja de ferragens e comprei um cadeado Fanal. Quando saía para o jardim para fumar tabaco, juntava as cinzas numa tampinha de garrafa. Depois subia correndo para o quarto onde minha mãe jazia inconsciente, trancava-me no banheiro, colocava uma pedra de coca em cima da fechadura do cadeado, cobria-a de cinzas, acendia e aspirava o fumo pelo orifício redondo do cadeado aberto. Não era o cachimbo ideal mas funcionava. Em algum momento lembrei dos ultrassons mostrando meu futuro filho e atirei pelo vaso meio grama de pedra. Entretanto, o dano a minha razão estava feito.

Após a primeira conversa que tivemos perto do necrotério, Bobo começou a aparecer na modalidade tela. Uma noite eu tentava fazer o tempo passar junto à febre de minha mãe olhando as fotos digitais da viagem a Berlim quando notei, numa imagem em que estou de pé embaixo do ventre da girafa de Lego do Sony Center, uma manchinha azul justo onde deveria estar o membro roubado da escultura. Dei zoom no laptop para ver melhor aquela anomalia. Reconheci, entre os pixels, o rosto de Bobo, com a boca muito aberta e a língua de fora.

Ele falava comigo pela televisão. Disfarçava-se na voz de um enfermeiro. Não demorei a começar a notar os traços de seu rosto nas manchas de umidade das paredes ou nas dobras e nos amassados dos lençóis. Quatro dias depois da primeira aparição, saí para tomar ar no pátio oriental do hospital. Lá, contemplei, numa jardineira decorada com mosaicos cor de melão e grená, uma palmeira atarracada e murcha. E veja só: transformei-me por horas num fantasma que percorria as ruas de Havana acompanhado de um amigo imaginário de smoking. Mónica diz que quando o doutor O. me viu eu estava tentando forçar a porta do auditório do HU e cantava "Fuego", a música dos Menudos, substituindo a letra original por sílabas de um falso idioma chinês:

— O-ha-no-he-la-fo ha no no ha no, ke-re-ke-ne-la-fo ha no no ha no, yu-ni-yu-e-la-fo ha no no ha no, haaaa-no, haaaa-noooo...

Falei, fingindo recuperar a sanidade:

— Não se preocupe, doutor. É que minha mãe não é minha mãe: minha mãe era a música.

Mandaram-me para casa com uma bateria de seis ampolas de ceftriaxoma e uma caixa de Risperdal. Os remédios aliviavam a dor; mas não aliviavam a densa podridão.

Enquanto convalescia sonhei muitas vezes que, na praça de túmulos cinza que há em frente ao Tiergarten, em Berlim, um homem armado com um lança-chamas perseguia todos os meus amigos, Mónica grávida e a mim; tentava nos queimar. Eu acordava assustado no último assento de um ônibus. Havíamos chegado a nosso destino. Todos os passageiros já haviam descido, menos eu e um outro sujeito. Apressava-me para sair. Reconhecia-o ao passar a seu lado: era o homem do lança-chamas, que ia se casar naquele dia e me convidava para ser seu padrinho. Descíamos juntos. Eu, aterrorizado; ele, feliz: afinal, era o dia de seu casamento. Havia uma esplanada de concreto aparente, imensa e circular, em volta do ônibus.

– Exatamente – dizia, com uma voz insossa, o homem do lança-chama, a cada vez que eu percebia ainda estar sonhando.

Não sei quantos minutos, horas, dias, camadas de sonho tive de percorrer para me livrar definitivamente de seu fogo.

Recuperar a sanidade significa que seus demônios interiores voltaram a seu devido lugar. Não podem mais atormentar ninguém. Só você.

Mandaram-me ficar longe de minha mãe por um mês. Pude vê-la quando recebeu alta.

– Vamos comprar um presente de boas-vindas para ela. – Mónica propôs.

Fomos ao Wal Mart e escolhemos um belíssimo chapéu de tecido que além de ficar bonito lhe permitiria disfarçar a calvície. Pedi a Mónica que me esperasse dentro do carro junto à rampa de saída do hospital: queria por um minuto expiar os crimes de meu espírito magrilenga.

("Magrilenga" quem inventou fomos eu e Mónica, para nos referirmos aos covardes: magricela – ou seja, magro demais – e molenga. Ficamos os dois de pé, com as mãos na cintura e um na frente do outro, numa atitude de super-heróis, e falamos em coro: "Por acaso você pensou que eu era um magrilenga?")

Mamãe me esperava em seu quarto. Estava sentada no sofá em que eu costumava dormir. Sua pele enrugada me pareceu mais bela que nunca. Estava com uma roupa engraçada: meias azuis e crocs preto, calça de pijama, camiseta vermelha. Havia colocado uma toalha na cabeça para esconder os acidentes e cicatrizes de seu crânio raspado. Estava raquítica. Acariciou-me as bochechas com ambas as mãos.

Disse:

– Como você está, meu bebê...? Não sabe como eu chorei porque não me deixavam ir cuidar de você como você cuida de mim.

Pela primeira vez em muitos anos, nos beijamos na boca.

Diana havia se encarregado dos trâmites burocráticos, de modo que não demoramos muito: trouxeram uma cadeira de rodas (Lupita queria ter saído caminhando mas o protocolo proibia isso), colocaram-na nela e nos dirigimos à saída.

O rosto de minha mãe se iluminou ao ver Mónica junto à porta. Esfregou sua barriga de grávida de oito meses. Disse:

– Obrigada por vir me buscar com seu carro, Leonardo.

Mónica tirou de sua bolsa nosso presente. Minha mãe, com uma alegria quase infantil, arrancou a toalha, colocou o chapéu e abraçou novamente Mo.

– Obrigada, muito obrigada, minha filha; você tem um espelho aí?

Saímos felizes do estacionamento do hospital.

Mamãe não tiraria aquele chapéu preto até o dia 10 de setembro: o dia de sua morte.

III
A VIDA NA TERRA

> Os melhores aeronautas são as moscas.
> David Attenborough

Quando pequena, Mónica queria ser cientista ou médica. Uma mulher de jaleco branco. Demorou muitos anos para descobrir isso: sua mãe era antropóloga e seu pai, advogado, de modo que ninguém lhe disse que poderia ser astrônoma ou bióloga marinha; incentivaram nela apenas o gosto por humanas. Não estou me queixando. Pelo contrário: agradeço aos que torceram sua vocação. Se Mónica não fosse ilustradora, é provável que nunca nos tivéssemos conhecido. Somos símbolos antípodas: ela é da capital e descende de boas famílias criollas, mais ou menos arruinadas.

Um dos tesouros que guardamos em nossa biblioteca é *A vida na Terra*, de David Attenborough, um exemplar em capa brochura publicado pelo Fondo Educativo Interamericano em 1981. Na capa há uma fotografia do que parece um sagui em cima de umas espigas verdes. Digo "parece" porque não entendo muito de animais e além disso não dá para ver a cara do bicho: está coberta por um morcego de veludo que minha cunhada Pau recortou e colou no livro quando estava no primário.

Mónica leu tantas vezes *A vida na Terra* que o sabe quase de cor; o livro foi, junto com a separação de seus pais, um dos marcos de sua infância.

Na primeira noite em que morávamos juntos, fizemos amor sobre um colchão jogado no chão de nosso novo apartamento.

Vínhamos de uma mudança extenuante: eu viajara de ônibus os oitocentos quilômetros que separam Saltillo do DF e, logo que cheguei lá, entrei no carro com Mónica e Maruca – nossa cadela irish wolfhound – para fazermos juntos o percurso de volta, escoltando o caminhão com os móveis. Eu estava moído e eufórico. Queria compartilhar algo especial com minha mulher, uma confissão muito íntima que marcasse nossa noite de núpcias com um metal mais pesado que o das alianças. Não me atrevi a lhe contar sobre a profissão de minha mãe. Falei (melhor assim) sobre a morte de David Durand. Sobre o despejo. Sobre meu amigo Adrián, que uma vez foi comigo a Puerto Vallarta para conhecer meu pai. Sobre o modo como Saíd e eu corríamos atrás do teto de nossa casa quando flutuava pelo meio da rua.

Quando por fim calei a boca, Mónica disse baixinho, ainda deitada em meu peito:

– Você é um belo pepino-do-mar.

Respondi que não tinha entendido. Ela se levantou, nua, em meio à penumbra, localizou com facilidade o livro de Attenborough no meio de uma pilha de volumes no chão. Folheando brevemente, encontrou a página que procurava. Inclinou-se na direção do janelão de nosso quarto novo em folha para aproveitar a luz dos postes da rua. Leu em voz alta:

> Os pepinos-do-mar, que vivem nas manchas arenosas dos recifes, são equinodermas. Num de seus extremos, possuem uma abertura chamada ânus, ainda que esse termo não seja completamente apropriado, pois o animal não o usa apenas para excretar, mas também para respirar. Em seu outro extremo, a boca é rodeada por pés ambulacrários que crescem

até tornarem-se pequenos tentáculos. Se você for pegar um pepino-do-mar, tome cuidado: eles têm um jeito muito extravagante de se defender. Simplesmente põem para fora seus órgãos internos. Um lento porém ininterrupto fluxo de túbulos pegajosos vão saindo pelo ânus. Quando um peixe ou um caranguejo curiosos provocam tal ação, em pouco tempo se veem lutando com essa rede de filamentos enquanto o pepino-do-mar se afasta lentamente, usando os pés ambulacrários que produzira em seu interior. Poucas semanas depois, lentamente, um novo conjunto de entranhas crescerá nele.

Fechou o livro e se virou para mim. Me abraçou.
– Vem aqui, pepininho. Não precisa ter medo. Agora conta pra mim uma lembrança feliz.

Adrián Contreras Briseño é o meu melhor amigo. Faz vinte anos que não nos vemos. É a única perda que lamento quando penso em minha adolescência.

Recentemente me ligou. Não sei como conseguiu o número. Perguntou pela saúde de minha mãe. Contei-lhe que havia falecido. Ele disse, com sinceridade:
– Sinto muito, Favio – não sabe que meu nome não é mais esse. Acrescentou: – Meu pai também faleceu.

Dei-lhe os pêsames, com a mesma sinceridade.

Dom Gonzalo Contreras era um homem com uma habilidade curiosa: sabia como lesionar seus colegas de trabalho sem machucá-los muito. Cada vez que um operário da AHMSA precisava tirar alguns dias remunerados para fazer uma viagem ou terminar um trabalho extra e assim dar conta dos gastos familiares, procurava dom Gonzalo. Ele produzia uma torção ou queimadura calculada que, mesmo leve, justificava a incapacidade laborativa. Os sindicalistas pelegos e os empregados de confiança odiavam-no por isso.

    Adrián e eu conversamos por algumas horas. Não havia angústia em nenhum dos lados: foi como se nosso último papo tivesse sido no dia anterior. Depois de nos atualizarmos sobre o que havia sido de cada um nas últimas duas décadas, despedimo-nos com as mesmas frases brincalhonas e fanfarronas que usávamos aos 14 anos. Imagino que na próxima vez em que estivermos juntos, aos 60 anos ou algo do tipo, voltaremos a ser crianças. A amizade é um dos grandes mistérios da vida na Terra.

Mónica e eu temos um gesto de carinho levemente macabro. Um dos dois se estica na cama enquanto o outro sacode os lençóis sobre o que está deitado e os deixa cair suavemente. É um jogo erótico e infantil: a sensação de leveza; a fantasia de flutuar. Mas é também uma agridoce renovação de votos: sou eu quem vai te cobrir quando a hora chegar.

Chegam notícias de meus irmãos.

Diana é viciada em chocolate e sofre diariamente por um erro de sua juventude: deu ao primeiro marido a custódia de sua filha mais velha. Só pode vê-la nos fins de semana.

Jorge transformou um dos quartos de sua casa em Yokohama (é uma casa pequena) numa sala de música para seus dois filhos e filha. Os três têm nomes de pintores europeus: Runó, Miró, Moné. Comprou para eles um piano vertical, dois violões e uma bateria elétrica. Mostrou-me tudo pelo Skype.

Saíd teve um problema sério: foi espancado por uns Zetas porque um de seus amigos atrasou no pagamento de alguns gramas de cocaína. Saiu barato; podia ter tomado umas boas pauladas ou mesmo um tiro. Dei um pouco de dinheiro (o que me foi possível) para tentar ajudá-lo a resolver o assunto.

Às vezes a fraternidade não possui ruas: apenas becos sem saída. E um agente de trânsito com sangue no olho dizendo: "Circulando, circulando, circulando."

Não sei dizer se o país resolveu ir definitivamente pelo ralo após a morte de minha mãe ou se, simplesmente, a profecia de Juan Carlos Bautista era mais literal e poderosa do que meu luto pode tolerar: "Choverão cabeças sobre o México." Saltillo deixou de ser uma cidadezinha tranquila.

Primeiro alguém bateu à porta da casa de Armando Sánchez Quintanilla, diretor estatal de bibliotecas. Assim que abriu, Armando foi assassinado à queima-roupa. Depois um pistoleiro enlouqueceu quando encontrou sua mulher com outro homem; provocou um tiroteio pelo bulevar Venustiano Carranza. Dizem que levou consigo alguns agentes antes de ser derrubado a tiros. Nem a imprensa nem os governos estadual ou federal disseram meia palavra sobre o assunto. Pouco depois executaram um funcionário do governo norte-americano, na autoestrada 57, altura de San Luis Potosí. A máquina imperialista foi ligada de maneira fulminante e, alguns dias mais tarde, um dos autores do crime foi apreendido na minha cidade. Isso nos colocou, de repente, no meio de uma guerra.

Sexta passada, Leonardo e Mónica voltavam do supermercado por uma das avenidas principais quando um policial parou na frente deles e, pistola na mão, obrigou-os a desviar pelo lado. Ouviam-se tiros ao longe. Saindo pela outra ponta de uma passagem subterrânea, Mónica avistou dois pequenos tanques do exército com as metralhadoras preparadas e apontadas para o fluxo de veículos; ou seja, para ela e para nosso bebê. Dali em diante tivemos três dias de tiroteios. Agentes federais e pistoleiros dos cartéis morreram num enfrentamento na perimetral Luis Echeverría, altura da Torrelit. Na entrada de um jardim de infância, uma bala perdida matou uma mulher que buscava seu sobrinho. Levamos a Ecosport à manutenção dos dez mil quilômetros e não pudemos ir buscá-la: um bloqueio feito por traficantes, que segundo o governador Jorge Torres não existiu, nos impedia de passar. Fala-se de bombardeios à 6ª Região Militar, civis mortos e feridos, ameaças do tráfico. De novo: nem a imprensa nem o governo informam nada disso, mesmo havendo fotos, vídeos e dezenas de testemunhas. Se você quiser saber o que está acontecendo precisará rastrear os tuítes feitos em tempo real. E pior: num arroubo de ingenuidade sem limites, o governador declarou que "quem espalhar boatos" poderá ser multado ou pegar dias na cadeia.

(Espero que, quando venham me prender, Jorge Torres entenda que isto que escrevo é uma obra de ficção: Saltillo é, como ele mesmo descreve em seus discursos vacilantes e estúpidos, um lugar seguro.)

O tempo todo fala-se do quão problemática é a fronteira do México para os Estados Unidos por causa do tráfico de drogas. Nunca se menciona o outro lado, o quão perigosa é a fronteira dos Estados Unidos para o México, por causa do tráfico de armas. E quando por acaso o tema surge, o procurador-geral do país vizinho esclarece: "Não é a mesma coisa: as drogas são ilegais em *sua origem*; as armas, não." Como se houvesse uma lógica suprema em considerar que o poder de destruição de um cigarro de maconha faz com que uma AK-47 pareça uma travessura de adolescente.

Choverão cabeças sobre o México.

Voltando de nossa segunda viagem a Berlim tivemos de fazer uma longa e tediosa escala no aeroporto de Londres. Caminhávamos de um lado para outro. Os pés de Mónica estavam destruídos e o feto de Leonardo não parava de bater em sua barriga, mas sentar teria sido pior: estávamos ansiosos demais para chegar em casa. Numa livraria, Mónica encontrou uma pequena estante de divulgação científica. Comprou dois livros: *Elephants on Acid*, de Alex Boese, e *Virolution*, de Frank Ryan. O livro de Boese (lemos ele juntos) é uma sátira quase rabelaisiana da ciência: narra, através de episódios escritos com uma má intenção virtuosa, alguns dos mais bizarros, cômicos, cruéis e absurdos experimentos científicos de que se tem notícia.

 O livro de Ryan é mais duro e honra uma antiga intuição filosófica: a de que o ser humano é uma doença. Uma abominação da natureza. Se me lembro bem, Lichtenberg resumiu essa convicção em algum de seus aforismos. O século XX apenas reafirmou e popularizou tal opinião, como mostra este monólogo do agente Smith em *Matrix*:

 – Quero compartilhar uma revelação. Dei-me conta, ao tentar classificar sua espécie, de que vocês na verdade não são mamíferos. Os mamíferos se desenvolvem em equilíbrio com seu meio ambiente. Vocês, não: vocês chegam a um lugar e se multiplicam até consumir todos os recursos. Sua única maneira de sobreviver é se espalhando para outro local. Há outro organismo neste planeta que segue o mesmo padrão. Sabe qual é...? O vírus. Os seres humanos são uma doença. Um câncer. A diferença da opinião do programa zumbi e do texto de Ryan é que este último se baseia em algo maior que uma metáfora moralistoide:

> Quando o genoma humano foi sequenciado pela primeira vez, em 2001, tivemos várias surpresas. Uma delas foi a grande falta de genes: havíamos previsto talvez cem mil, e na verdade havia apenas vinte mil. Uma surpresa maior veio da análise das sequências genéticas, que revelou que esses genes eram meros 1,5% do genoma. Esse número é ridículo se comparado ao dna derivado de um vírus, que equivale a aproximadamente 9%. E, mais importante ainda, grandes seções do genoma são misteriosamente formadas por entidades similares a vírus, chamadas retrotransposons: fragmentos de dna egoístas que parecem ter apenas a função de fazer cópias de si mesmos. Eles representam menos de 34% de nosso genoma. Somando tudo, a quantidade de componentes do genoma humano de tipo virótico representa quase metade de nosso dna.

Chamam isso de "simbiogênese" e ela é, de cara, uma audaz nota de rodapé à teoria da evolução das espécies de Charles Darwin. Tal enfoque tem implícita a consideração de que os retrovírus (por exemplo, o da aids) e algumas variedades de câncer ou leucemia, em vez de serem um Mal, são simples processos evolutivos; não se trata de morte humana, mas de uma vida viral: a adaptação do mais apto. Nada irá detê-los. Quem herdará o planeta não serão nossas máquinas, mas os microscópicos não mortos que vêm escrevendo o apocalipse em nosso código genético. Minha mãe nunca foi minha mãe. Minha mãe é um vírus ambulante.

Mónica tem dois irmãos: Diego e Paulina. Diego é arquiteto e Pau, advogada. Diego é casado com Orli, que trabalha fazendo análises de mercado para uma agência de publicidade. Pau é casada com César, um especialista em finanças que em seu tempo livre joga futebol e degusta vinhos. Diego e Orli têm dois filhos: Gal e Yan. Pau e César, uma menina: Regina. Acho que só vi Joaquín, meu sogro, umas quatro ou cinco vezes. Por outro lado, desenvolvi uma amizade visceral com Lourdes, minha sogra: um amor muito além da mera etiqueta. Todos eles moram na Cidade do México. De vez em quando vamos visitá-los, combinamos de ir juntos para a praia, ou eles vêm passar o Natal conosco em Saltillo.

É estranho isso: fatiar o peru, estourar bonecos cheios de doces, contar velinhas junto a totais desconhecidos... É estranho. Não só para mim, para qualquer um. Não há como ser humano, suficientemente humano, sem nunca sentir um impulso semelhante ao dos pepinos-do-mar: uma vontade de fugir jogando suas tripas no próximo. Se acaso conseguimos não ceder a essa vontade quando estamos em família é por um instinto mais radical que o medo: o amor. O medo atua como um mamífero. O amor, por outro lado, como um vírus: enxerta-se; reproduz-se sem razão; toma conta de seu hóspede de maneira egoísta e sem considerar espécie, taxonomia ou saúde; é simbiótico. O amor é um vírus poderoso.

Leonardo nasceu no dia 25 de setembro de 2009: duas semanas depois da morte de minha mãe. Não se conheceram por pouco. Sinto um leve calafrio ao pensar no modo como a sorte colocou esses dois marcos em minha vida. Um quê de superstição deve ter penetrado em meu DNA após tantos séculos de rituais.

Ele não queria nascer. Tivemos de acionar um batalhão de médicos. Passamos mais de doze horas caminhando pelos corredores do hospital, Mónica com o braço conectado a uma bolsa de oxitocina, para tentar fazer o trabalho de parto começar. E nem assim: acabaram precisando fazer uma cesárea.

É um menino branco, rosado, de cabelo castanho-claro e olhos muito azuis como os da mãe. Quando estou com ele no colo e Mónica não está presente, fico logo nervoso: imagino, em minha fantasia autorracista, que as pessoas de bem me olham com certa suspeita, pensando que o roubei. Caso o tivesse conhecido, minha mãe pensaria que segui ao pé da letra seu preceito criminoso de "melhorar a espécie".

Na primeira vez que o colocaram em minhas mãos, ouvi claramente a camada mais podre de meu manto de besta se desgarrando. Foi algo semelhante (multiplicado por dez mil, por cem mil, por um milhão) à ocasião em que, nadando num rio subterrâneo, resolvi tentar, quase morrendo asfixiado, descer mais e tocar o véu de água morna e turva que corria no sentido contrário, muito lentamente, no fundo da caverna.

Por anos me perguntei quem era o fantasma: meu pai ou eu. Ele também foi uma piada de mau gosto do registro civil. Por ser filho natural, recebeu quando criança os dois sobrenomes de minha avó Thelma. Chamava-se Gilberto Herbert Gutiérrez. Pouco depois de meu nascimento, encontrou seu progenitor. Meu avô (nunca soube seu nome de batismo) concordou em reconhecê-lo. Meu pai passou a se chamar então Gilberto Membreño Herbert.

Aos 12 anos eu disse a Marisela:

– Tenho a sensação de que meu pai tem duas caras.

Ela me explicou que o homem de barba que me dava brinquedos quando era pequeno não era o meu pai, e sim o de Saíd. Tínhamos parado de ver Gilberto Membreño desde os meus 4 anos. O motivo fora que ele me amava de maneira violenta: cada vez que nos encontrávamos tentava me sequestrar. Queria mudar meu sobrenome. Pensava que uma prostituta não poderia ser uma boa mãe para mim. Uma vez, no desespero de me separar dela, bateu a cabeça dela contra o painel de um automóvel. Mamãe e eu descemos do carro correndo. Da calçada, falei para ele: "Quando eu crescer vou quebrar tua mãe."

Voltei a vê-lo quando fiz 15 anos. Deu-me de presente uma viagem à praia junto com Adrián, meu melhor amigo. Nos encontramos em Puerto Vallarta. Eu ainda não conhecia a *Odisseia* mas acabara de ler *Pedro Páramo*. A voz da mãe de Juan Preciado ecoava em minha cabeça:

— Não peça nada a ele. Apenas exija o que é nosso. O que era sua obrigação e nunca me deu... Cobre caro, meu filho, o esquecimento em que ele nos deixou.

Foi uma aventura desastrosa. Ele trabalhava dez horas por dia (era gerente do hotel onde nos hospedamos) e estava saindo com uma gringa estúpida cuja frivolidade arruinava toda possibilidade de melodrama. Não consegui superar o choque de ver um rosto tão diferente daquele que guardava em minhas memórias infantis. E, além do mais, havia as moças de Guadalajara: Adrián e eu teríamos feito qualquer sacrifício de nosso estado de ânimo para perder a virgindade nos braços de uma daquelas beatas de biquíni.

Encontrei-o novamente onze anos depois disso. Marcou comigo na casa de minha avó Thelma, em Atlixco. Queria me apresentar a Teto, meu meio-irmão mais novo. Eu tinha 26 anos e acho que Teto, 18. Acabamos nos dando muito bem; acho que ainda possuíamos algum resquício da bondade natural de que fala Rousseau. Gilberto Membreño estava contente de pela primeira vez poder beber junto com seus dois filhos homens. Foi quando notei a gravidade de seu alcoolismo: bebia por dia, religiosamente, uma garrafa inteira de uísque ou tequila. De vez em quando conseguia tirar o pé do acelerador. Para tanto, precisava passar várias horas conectado a uma bolsa de soro.

Uma noite saímos para a farra. Caminhávamos de volta para a casa da minha avó, pouco antes do amanhecer. Papai disse, abraçando a mim e a Teto:

– Ah, meus filhos. Hoje sim bebemos até ficarmos sóbrios. Quis matá-lo. Quis dar um beijo na boca dele. Encontramo-nos de novo em 1999. Eu havia seduzido a filha da minha secretária. A mãe descobriu tudo. Proibiu a menina de me ver. Ana Sol fugiu de casa com apenas uma malinha e veio morar comigo no sótão que eu alugava. Fiquei deprimido: Lupita (minha ex-sogra tem o mesmo nome de minha mãe) fora sempre muito boa para mim, até demais, e eu a traí. Ela sabia de meu vício em cocaína, o que piorava ainda mais as coisas. Eu estava apaixonado mas também envenenado pela confusão e pela culpa.

Não sei por que liguei para ele. Contei de minha situação sem omitir detalhe algum. Por uma única vez, meu pai atuou como se fosse de fato meu pai.

– Você precisa se desintoxicar e se distanciar de tudo, filho. Traz sua mulher: vem pra Cancun. Eu pago tudo.

Ana Sol e eu chegamos à casa de meu pai três dias antes de Teto. O que eu não sabia era que Gilberto Membreño estava se despedindo da Riviera Maia, região na qual vivera por toda a década de noventa. Acabara de casar com Marta (que na época tinha, como eu, 28 anos) e juntos planejavam se instalar na Cidade do México, onde abririam uma agência de viagens.

No dia seguinte a nossa chegada, o novo proprietário da casa de Gilberto veio buscar as chaves. Tudo já estava empacotado em caixas. Marta, meu pai, Ana Sol e eu nos mudamos para o Fiesta Americana, onde ele conseguiu quartos de cortesia. Teto nos encontrou lá. Depois, sempre gratuitamente e graças a seus contatos na indústria, pernoitamos em outros hotéis: Caesar's Park, Meliá Turquesa, Meliá Cancun... Andamos ao sabor dos dias turísticos até a noite em que um novo plano surgiu: em vez de mandar os carros que meu pai tinha num caminhão para a capital e depois irmos para lá de avião, decidimos fazer o percurso por terra, dirigindo os dois carros e parando nos lugares em que algum conhecido da indústria hoteleira pudesse nos oferecer hospedagem gratuita. Os carros eram um Ford Fairmont vermelho dos anos oitenta e um belo Mustang 1965 branco que o senhor Membreño chamava de Príncipe.

O plano era que eu e Teto fôssemos os motoristas: assim, meu pai poderia beber à vontade. Expliquei que eu não sabia dirigir. Ficou escandalizado. No fim das contas, Ana Sol e Teto revezaram-se ao volante do Fairmont, e Marta e Gilberto dirigiram o Mustang. Durante alguns dias Ana Sol sentiu um crush por meu irmão mais novo: percebeu que havia sido enganada, que lhe haviam dado o cara feio, gorducho e velho da família. Mas depois passou.

Paramos em Mérida, Telchac e Campeche. Em Villahermosa o Fairmont quebrou, e demorou quatro dias para ser consertado: dias esses que aliviamos bebendo de graça de um frigobar. Paramos brevemente em Veracruz. Por fim, após nove dias de estrada, chegamos à casa de minha avó em Atlixco, onde nos despedimos. Durante toda a viagem, Gilberto Membreño foi um pai compreensivo, paciente e carinhoso. Na casa de minha avó, levou-me ao quarto dela (homem nenhum entrava ali) e me mostrou o quadro pendurado acima da cômoda: um péssimo retrato meu, em que apareço retocado. Estou com o cabelo comprido e uma camiseta branca com o número 7 estampado no peito. Trazia a data: 1974.

Não disse para ele (é a primeira vez que falo isto), mas naquele momento decidi nunca mais voltar a vê-lo; para que estragar uma lembrança perfeita, uma viagem tão doce...?

Voltei a Saltillo. Larguei a cocaína. Casei-me com Ana Sol. Nos separamos. Voltei à cocaína. Morei com Anabel. Depois com Lauréline. Tentei me suicidar. Larguei a cocaína. Conheci Mónica. Tivemos um filho. Minha mãe morreu. Mais de dez anos se passaram.

Sete meses após a morte de Guadalupe Chávez recebi um convite para um congresso de literatura em Acapulco. Fiquei na dúvida: será que, assim tão rapidamente, seria capaz de lidar com o fantasma de Marisela Acosta passeando com um short obsceno que dava na metade da bunda pelas ruas da cidade em que foi mais feliz? Já haviam passado vinte anos desde a última vez que pisei naquele porto onde nasci.

Aceitei o convite.

Sabia, por telefonemas esporádicos, que os negócios de meu pai haviam falido, que se divorciara de Marta e morava há alguns anos com Teto. Perguntei-me se seria uma boa ideia ligar e convidá-los para comer algo. Respondi a mim mesmo: "Amanhã" (para depois o mesmo responder amanhã).

Hospedaram-me num antigo e belíssimo hotel com vista para La Quebrada. Assim que cheguei (eram quatro ou cinco da tarde), encontrei Marcelo Uribe e Christopher Domínguez Michael no lobby. Pareciam ter se vestido para combinar com a arquitetura e a decoração do entorno: Marcelo estava com um chapéu-panamá e Christopher com um pequeno chapéu Stetson cor de chumbo. Fiz o check-in, deixei a mala no quarto e desci para o restaurante ao ar livre. Havia escritores demais: Jorge

Esquinca, Luis Armenta, Ernesto Lumbreras, Citla Guerrero, Jere Marquines, Hernán Bravo Varela, Alan Mills, Tere Avedoy e mais cinquenta que não lembro agora. O ambiente estava úmido. Horas depois, caiu uma tempestade. As chamas dos saltadores ornamentais que se atiravam das pedras apagavam-se muito antes de chegarem ao mar agitado.

Houve um incidente curioso: apresentaram-me a Mario Bellatin e, ao encostarmos um no outro, ouviu-se muito de perto o barulho de um trovão. Mario sorriu, me abraçando, e disse:

– E assim fica selado, hein?

Vaidosamente, achei que ele se referia a uma cumplicidade literária entre nós dois. Hoje sei que Mario Bellatin é uma encarnação de Mefistófeles e estava simplesmente adiantando a notícia telefônica que eu estava prestes a receber.

À meia-noite, Alan Mills, eu e alguns dos caras mais novos decidimos continuar bebendo, instalados em meu quarto. Quinze minutos depois tocou o telefone. Era Mónica.

– Ai, Julián... você não vai acreditar.

– Que foi?

– Me dá um dó muito grande...

– Que foi?

– Seu irmão Teto ligou. Seu pai faleceu. Teve um infarto fulminante.

Pedi aos amigos que me deixassem sozinho um tempo. Não sabia o que fazer. Afinal, eu tinha sepultado meu pai dez anos antes. Uma voz oculta (a voz do artexcessista filho da puta cínico e abusivo que sou) disse dentro de mim: "Eis aí um bom material para o final de seu romance." Maldisse Paul Auster com seu poético sentimento do acaso.

Mónica diz que antes de desligar eu repeti várias vezes uma frase:

– Agora fiquei órfão.

Acho que me referia a uma angústia vinda do fato biológico, não a uma dor moral. Mas a angústia é a única emoção verdadeira.

Tomei coragem e liguei para o celular de Teto. Deve ter ficado surpreso de ver o código de área, porque perguntou:

– Como você chegou tão rápido?

Não soube o que responder.

O enterro seria no dia seguinte: meu pai estava em Atlixco para visitar minha avó e foi lá que o infarto o surpreendeu. Naquele momento em que falávamos, Teto estava na estrada, indo buscar o corpo. Ficamos de nos falar novamente pela manhã. Dei-lhe os pêsames e desliguei.

O mais trágico realmente foi ter de lidar com o afeto: havia escritores *demais* naquele congresso de literatura. À hora do café da manhã, todos já sabiam de minha desgraça. Cumpri com meus deveres: pela manhã fui ao lugar dos encontros e fiz minha leitura. O resto do tempo tentei ficar mais ou menos escondido. Ainda assim, conseguiram me dar mais pêsames do que meu organismo pôde aguentar: socos no fígado. Coitados, como iam saber...? Passei a tarde toda vomitando.

Ao meio-dia a esposa de Teto ligou. Deu-me o endereço da funerária. O showzinho começaria às cinco da tarde. Procrastinei minha saída até as dez da noite. No meio-tempo vi alguns filmes, tomei banho e fui até a varanda de meu quarto para ver o espetáculo dos saltadores ornamentais de La Quebrada:

magrilengas seminus se atirando de cabeça, vez após vez, contra as pedras. Acapulco deveria ser classificada como crime federal. Enfim saí do hotel. Entrei num táxi. Dei ao motorista o endereço da funerária. Não era longe: ficava na Cuauhtémoc, um pouco antes de chegar à que tempos atrás era para mim a rua do canal e que hoje é uma grande avenida com várias passagens subterrâneas. A porta de vidro não era muito larga. A rua – como todas as ruas de Acapulco – estava cheia de lixo. Havia duas capelas no interior do estabelecimento. Logo soube qual era a do meu pai: reconheci Teto, de terno e gravata, de cócoras, com a cabeça e as mãos pousadas no colo de uma mulher um pouco mais velha, sentada, que certamente seria a senhora Abarca: mãe dele. Uma mulher de trinta e poucos anos acariciava a cabeça de meu irmão. Não sei se era sua esposa ou minha outra irmã, Bety: não conhecia nenhuma das duas. Havia parentes o bastante para eu passar despercebido por um minuto ali, perto da porta. Tempo necessário para repetir em minha mente a pergunta que me corroía desde os 12 anos: quem era o fantasma: meu pai ou eu?

Aquela cena funerária foi eloquente por si só. Sem cumprimentar nem me despedir do cadáver de Gilberto, dei meia-volta e me afastei do lar dos Membreño Abarca, uma mansão que eu assombrava há quase quarenta anos.

Perto de minha casa há um pomar: nove hectares de nogueiras, macieiras, goiabeiras, alfeneiros e álamos. Leonardo e eu o visitamos todos os dias. Às vezes por algumas horas. Às vezes por apenas poucos minutos. Depende dele. Se estiver de bom humor, caminhamos até a casinha em ruínas, depois viramos em direção a El Morillo, cortamos caminho pela antiga carpintaria para cumprimentar as vacas, descemos e subimos a margem do riacho, damos uma maçã para o cavalo de Hernán e nos detemos um pouquinho junto ao portão amarelo do fundo para esperar o trem passar. Se ele não estiver de bom humor, sentamos entre as folhas secas da entrada da casa de Martha e comemos formigas.

Sempre que estamos lá penso em Marisela Acosta: não consigo deixar de lembrar que o prostíbulo mais famoso em que trabalhou se chamava La Huerta.

– Lobo y Melón tocavam aqui – me disse uma vez.

Nunca experimentei nada tão extenuante como a paternidade. O que mais me cansa não é o trabalho em si, mas o impulso neurótico de ficar o tempo todo imaginando cada percepção de meu filho.

Ontem, enquanto esperávamos o trem passar junto ao portão amarelo, lembrei da vez em que Marisela e eu caminhávamos por Barra de Coyuca. Ela cantava, do fundo dessa noite escura da fala que é a ignorância, uma canção espanhola muito piegas:

para que no me olvides ni siquiera un momento, y sigamos unidos los dos gracias a los recuerdos, para que no me olvides. Sou um órfão cínico ex-filho da puta que leu São João da Cruz: sei que a tribo não me dará palavras mais puras que as palavras ordinárias de Lorenzo Santamaría para explicar a Leonardo, antes de morrer, o que comer formigas a seu lado significou para mim.

A morte de Guadalupe Chávez e de Marisela Acosta foi uma versão em fast foward de suas vidas.

Em primeiro lugar, a obstinação: agonizou desde o amanhecer até as onze da noite.

Em segundo lugar, a comédia dos erros: demoraram oito horas para nos entregar o cadáver porque, desde a primeira vez que deu entrada no Hospital Universitário, um ano antes, alguém havia escrito errado seus dados pessoais: rebatizaram-na como Guadalupe "Charles". Nada fora do comum, em se tratando da minha família. Tiveram que fazer duas vezes a certidão de óbito. Poderia a burocracia mexicana prestar melhor homenagem a uma fugitiva de seu próprio nome?

Em terceiro lugar, impropério, malícia e violência. O homem da funerária não conseguiu colocar os restos em seu veículo porque havia um desnível entre o para-choque e a altura da maca. Tentou várias vezes. Empurrava com toda força, como se estivesse brincando de carrinho de bate-bate. A maca ia e voltava batendo no para-choque e o corpo de minha defunta mãe, envolto até a cabeça num lençol sujo, tremia como gelatina. Senti um misto de indignação, pena e vontade de rir. O homem, por sua vez, parecia envergonhado e furioso. Lembrei de algo que me disseram uma vez: "As pessoas podem dar sua palavra de honra; mas nas máquinas não se pode confiar." Enfim eu e Saíd tivemos pena do motorista aflito e o ajudamos a carregar o pacote.

Não fizemos cerimônia: cremamos ela e pronto. Há muitos anos, quando Jorge saiu de casa, eu recebi instruções precisas.

– Cachito, vem cá – disse, bêbada de rum e de vergonha, entrando no estacionamento subterrâneo de uma funerária. – Você me traz aqui e me queima. Jura pra mim.

– Eu juro, mas vamos embora. Vão brigar com a gente.

– Jura pra mim, Cachito. Não deixa ninguém me enterrar e ficar inventando moda. Sem avisar a ninguém, escondidinho, você me traz aqui e me queima.

Ao meio-dia nos entregaram as cinzas numa urna retangular e feita de falso mármore rosa.

Cada um viveu aquele momento como pôde. Jorge, em Yokohama, resolveu sair e andar em linha reta, e só parou quando o mar atravessou seu caminho. Diana, que morava junto com Guadalupe, precisou se refugiar num hotel. Saíd, por outro lado, parecia iluminado pela dor; nunca o vi tão sóbrio.

Nos primeiros dias de luto, havia para mim algo delicioso no momento exato ao acordar, quando ainda não me acostumara com a ideia de que minha mãe estava morta, e portanto, ao lembrar disso, podia desfrutar da súbita desaparição daquela angústia permanente que o processo de sua doença me causou durante um ano. Mas depois, quase em seguida, emergia uma insalubre lucidez: não há nada mais sinistro que a luz.

Então Leonardo nasceu. Todo abismo possui suas canções de ninar.

Não lembro quando a vi de pé pela última vez. Imagino que estávamos na porta de sua casa. Ela sempre acompanhava as pessoas até a saída. Não se tratava de cortesia; o fato é que ela era uma matraca: falava e falava. Era impossível calá-la. Você precisava começar a se despedir com pelo menos meia hora de antecedência. Ela dizia, para se justificar:

— A culpa é sua, que nunca vem me ver. Daí tenho muitas coisas pra contar.

A verdade é que ela repetia a mesma coisa oitenta vezes. Sempre odiei o fato de ela ser tão tagarela. Ainda assim, o que me fez cair no chão quando o médico veio dar a notícia de que finalmente ela havia morrido foi a simples revelação de que nunca mais escutaria sua voz.

Durante a última semana ligávamos um para o outro diariamente: ela queria estar por dentro do parto e tudo o mais. No dia 9 de setembro, à noite, escutei uma tosse feia do outro lado da linha.

— Vamos ao médico.

— Sim — disse ela. — Mas vamos deixar para amanhã de manhã. De qualquer jeito tenho um checape marcado.

Diana me ligou às três da manhã para avisar que estava saindo com ela de emergência para o hospital. Mónica e eu as encontramos lá. Perto do amanhecer, chegaram também Saíd e Norma.

Ela deu entrada na UTI. Estava com as plaquetas baixíssimas e o líquido no pulmão, que nunca chegaram a aspirar, ameaçava colapsar suas vias respiratórias. Não foi culpa de ninguém. Simplesmente estava acabada: um ano de vírus e veneno é demais para um organismo cujo único orgulho foi ser capaz de assimilar todo tipo de golpe.

Ao meio-dia confirmaram que estava agonizando.

– Recomendo que vocês se despeçam dela – disse Valencia. – Ela só tem algumas poucas horas.

Meus irmãos foram vê-la em turnos.

– Podem ir embora – eu disse depois. – Eu aviso vocês.

Esse papel era meu.

Esperei até que todos, inclusive Mónica, saíssem do hospital. Precisava estar sozinho: não teria tolerado que qualquer pessoa me tocasse depois de ir vê-la.

Entrei na sala da UTI. A enfermeira me apontou um cubículo à esquerda. Abri a cortina. Estava conectada a mais tubos e luzinhas coloridas que nunca. Uma máscara de plástico transparente cobria sua boca. Seu olhar já estava vazio.

Não havia nada para dizer: havíamos tido um ano inteiro de dor lúcida.

Mas, por via das dúvidas, falei. Disse:

– Te amo. Sou filho da minha mãe.

Mal conseguiu apertar minha mão com a dela. Era um aperto sem agradecimento, sem resignação, sem perdão, sem esquecimento: era apenas o perfeito reflexo do pânico. Esse foi o último tijolo em minha educação colocado por Guadalupe Chávez. O mais importante de todos.

Hospital Universitário de Saltillo,
outubro de 2008/Lamadrid, Coahuila, março de 2011

MÚSICA DE TUMBA,
por Gustavo Pacheco

Uma vez perguntaram ao escritor argentino Martin Kohan o que é mais importante para a literatura, se a memória ou a imaginação. Ele respondeu que nem uma nem outra: o mais importante é a linguagem.

Outro escritor argentino, Alan Pauls, dizia que a perfeição técnica é um critério muito pobre para avaliar um livro, por uma razão muito simples: o leitor não pede ao autor que lhe entregue algo bem-feito. O que o leitor pede ao autor é o seguinte: me drogue...

Não consigo pensar em exemplo melhor para as teses de Kohan e Pauls do que *Cantiga de findar*. Há muito de memória neste livro, sem a menor dúvida, e também imaginação o bastante para colocá-lo na prateleira de ficção em uma livraria. No entanto, sua força demolidora não vem da memória nem da imaginação, e sim do modo como ambas são amalgamadas em uma linguagem poderosa, barroca, musical. E é justamente essa linguagem – e não uma estrutura elegante, ou uma trama meticulosamente construída – o que embriaga o leitor e o arrasta sem trégua até a última página.

Uma narrativa ficcional em primeira pessoa, que parte da autobiografia para mergulhar na memória pessoal e coletiva: essa descrição sumária poderia ser aplicada não só a *Cantiga de findar* mas também a vários outros livros recentes de autores latino-americanos como *O corpo em que nasci*, da também mexicana Guadalupe Nettel (publicado nesta coleção), *Formas de voltar para casa*, do chileno Alejandro Zambra, ou *El espíritu de mis padres sigue subiendo en la lluvia*, do argentino Patricio Pron. É evidente que o procedimento de combinar elementos autobiográficos e ficcionais não é algo novo, e a própria distinção entre o que é verdade autobiográfica e o que é ficção pessoal é algo muito problemático, para dizer o mínimo. Não deixa de ser significativo, no entanto, que autores de países diferentes, mas pertencentes à mesma geração – a geração que se formou sob os escombros das ditaduras e da "década perdida" – tenham escolhido uma forma assumidamente híbrida, mestiça, para dar conta de suas experiências pessoais sem recorrer ao formato da autobiografia convencional; e, ao fazê-lo, acabem acertando contas também com a memória coletiva. Nesse sentido, é provável que Julián Herbert compartilhe certo "espírito de época" com outros escritores latino-americanos, mas as singularidades de sua escrita fazem com que essa condição seja mais um ponto de partida do que de chegada.

"Wilde considerava que escrever autobiograficamente reduz a experiência estética. Não concordo: apenas a proximidade e a impureza de ambas áreas podem criar sentido." Essa frase, parte de uma longa reflexão que entra na narrativa sem pedir licença, é ao mesmo tempo uma declaração de intenções e um exemplo da natureza híbrida, "impura", de *Cantiga de findar*. O que dá origem ao livro é um episódio autobiográfico – a leucemia que faz definhar a mãe do narrador – mas esse episódio, em si mesmo, não é do que é feita a narrativa. O modo como se conta, e a reflexão sobre como contar, são tão ou mais importantes do que aquilo que é contado. Daí resulta que um dos pontos altos de *Cantiga de findar* é a mistura de vários modos narrativos, sem que haja uma fronteira clara entre o que é relato, memórias, sátira ou ensaio.

Essa mistura, por sua vez, facilita a fusão entre tragédia pessoal e tragédia nacional, ao ponto de a decadência física da prostituta velha e doente se tornar praticamente uma metáfora da degradação do México sob o impacto da pobreza, da corrupção e da violência. Suave Pátria, expressão que aparece diversas vezes ao longo de *Cantiga de findar*, é o título de um conhecido poema de Ramón López Velarde (1888-1921), adotado como uma espécie de segundo hino nacional após a Revolução Mexicana. No poema, o México é representado como uma donzela virginal, "impecável e diamantina", "inacessível à desonra". Quase cem anos depois, a metáfora otimista se torna irônica e brutal em uma época em que, como diz Julián Herbert, o país se transformou no "território da crueldade".

Mas o fator decisivo que torna *Cantiga de findar* uma obra única na literatura latino-americana contemporânea é sua prosa vigorosa e inconfundível. Foi como poeta que Julián Herbert começou sua carreira literária e ganhou reconhecimento, e há uma relação umbilical entre sua narrativa e sua poesia. *Cantiga de findar* não seria o livro que é sem os elementos distintivos que encontramos na poesia de Herbert: o frescor, o humor, a irreverência, a ausência de autopiedade, e sobretudo a combinação do coloquial com o requintado, do vulgar com o elegante, da alta com a baixa cultura, do espanhol castiço do Século de Ouro Espanhol com os anglicismos mais selvagens. É assim que em "Kubla Khan", de 2003, as referências a Xanadu remetem tanto ao poema de Samuel Taylor Coleridge quanto a um dos sistemas informáticos que deram origem à World Wide Web, ou ainda à canção de Olivia Newton-John. Em *Álbum Iscariote*, de 2013, metade do livro é dedicado a um longo poema construído a partir do Códice Boturini ou Tira da peregrinação, conjunto de vinte lâminas de papel com imagens e pictogramas que narram a viagem dos astecas de Aztlán, seu mítico local de origem, até o vale do México, onde fundaram sua capital, Tenochtitlan, mais tarde conquistada pelos espanhóis e rebatizada como Cidade do México. Herbert monta um painel estranho, belo e original, combinando múltiplas interpretações do códice, fotografias anônimas encontradas em um mercado de pulgas, citações de canções tradicionais em idioma náuatle, versos de T. S. Eliot, alusões à violência do narcotráfico e aos mexicanos radicados nos EUA que retornam periodicamente à terra natal. O que está em jogo nesse tipo de operação não é uma mistura forçada e aleatória de elementos, e sim uma maneira peculiar e criativa de lidar com múltiplos pertencimentos e com a fragmentação crescente da experiência humana. Não é por outra razão que Herbert costuma dizer que, nos dias de hoje, "mais que escritores, somos DJs".

É difícil separar o vigor da linguagem de Julián Herbert de sua condição de norteño (habitante do norte do México). El norte é uma região que, seja pela geografia, seja pela história, sempre se distinguiu do resto do país e desenvolveu uma cultura própria e vibrante, na qual é determinante a relação de amor e ódio com os EUA. É a parte do México que mais se beneficiou economicamente com a implantação do Nafta e a que mais sofreu com a guerra contra o narcotráfico que desde 2006 já matou mais de cem mil pessoas. Em um continente de contrastes violentos, é no norte do México que esses contrastes parecem assumir contornos mais agudos, numa síntese exagerada das delícias e das mazelas latino-americanas. É sintomático que seja lá o cenário dessa espécie de suma apocalíptica da literatura contemporânea que é *2666*, último romance de Roberto Bolaño.

O norte é tradicionalmente associado a alguns dos mais poderosos lugares-metáfora usados para falar e pensar sobre o México, em particular as ideias de deserto e de fronteira. Nos últimos anos, esse imaginário se ampliou para incluir a cultura do narcotráfico e a violência dele derivada, acompanhando a produção de dezenas de obras literárias sobre o assunto, ao ponto de muitos jornalistas e críticos detectarem a existência de um subgênero literário, a narcoliteratura. Embora daí tenham saído alguns bons livros de autores como Elmer Mendoza e Yuri Herrera, daí sai também uma enxurrada de clichês e expectativas externas que podem ser uma camisa de força para os escritores mexicanos. Mas Julián Herbert não corre esse risco: a violência é condição, não é o tema de seu livro. Embora o autor assuma sua cota de cinismo como habitante de uma região conflagrada, isso não impede o livro de ser engraçado e até mesmo lírico, e as drogas não aparecem apenas sob o prisma da violência, mas também como parte inevitável da paisagem humana e social do México – elementos já esboçados em seu livro de contos *Cocaína (Manual de usuário)*, de 2006.

É também no norte do México que está a linguagem mais original do país, a mais aberta à novidade, às gírias, a neologismos e estrangeirismos, em um movimento contrário ao do "espanhol neutro" em que alguns autores latino-americanos escrevem hoje, de olho no mercado internacional. São norteños alguns dos mais interessantes autores mexicanos contemporâneos, como Carlos Velázquez, autor do saborosíssimo *El karma de vivir al Norte*. Além disso, em contraste com a proverbial prolixidade e incapacidade dos mexicanos de dizerem "não", os norteños têm fama de serem diretos, sem papas na língua.

Todos esses elementos de linguagem – a diversidade, o humor, o lirismo, a originalidade, a franqueza, a contundência – se completam e se reforçam mutuamente, mas não de maneira rigorosamente organizada e planejada, e esse, me parece, é outro dos pontos altos de *Cantiga de findar*. Em outras mãos, a força expressiva do livro poderia ter sido domada, domesticada, subjugada ao desejo de produzir um artefato literário "bem-feito". Não é o que acontece aqui.

Cantiga de findar não é um livro bem-feito – ainda bem. É um livro visceral e viciante, e é isso o que importa.

Impressão e Acabamento:
GRÁFICA STAMPPA LTDA.
Rua João Santana, 44 - Ramos - RJ